Classiques & Contemporains

Collection animée par
Jean-Paul Brighelli et Michel Dobransky

Claude Klotz
Killer Kid

Présentation, notes, questions et après-texte établis par

MARIE LESCURE
professeur de Lettres

MAGNARD

Sommaire

Après-texte

QUI EST CLAUDE KLOTZ ?

Né à Marseille le 6 octobre 1932, Claude Klotz vit dans un quartier populaire jusqu'à l'âge de huit ans une petite enfance heureuse. Pour lui, c'est l'insouciance, le soleil et la mer. Son père travaille dans les chemins de fer et sa mère est vendeuse dans une boutique de chemises. Une place se dégage à la S.N.C.F. dans la région parisienne, alors la famille vient s'installer à Alfortville. Il est fils unique et ce qu'il a retenu de cette période-là, c'est, avec l'arrivée de la guerre, la solitude, le ravitaillement dans le Loiret, l'école qu'il déteste, et la lecture qui lui sert de refuge. Enfant, il lit les romans de cape et d'épée ou les aventures du grand Nord et ses seules sorties sont pour la Comédie-Française, où il voit à plusieurs reprises *Cyrano de Bergerac*. Le cinéma, son père le lui interdit : ce sont des films allemands et les voir serait faire acte de collaboration.

Après la guerre, son adolescence se déroule sans histoire. De sa jeunesse, il garde le souvenir d'un père qui lui fait connaître le foot et l'opéra et d'une mère douce et soumise à son destin. Jusqu'au baccalauréat, les études sont subies comme un pensum, mais sa vie universitaire le révèle à lui-même. Il étudie la philosophie à la Sorbonne, avec d'éminents professeurs, tels que Bachelard et Jankélévitch entre 1954 et 1958. Ensuite, il fait son service militaire en Algérie où il reste deux ans. Malgré la guerre, c'est une expérience fructueuse : la découverte des grands espaces, un peu comme dans les westerns de son adolescence, et de certains personnages qui l'ont marqué. De retour en France, il est trop tard pour préparer l'agrégation. Il intègre quand même l'Éducation nationale. Il est muté dans une banlieue (Bezons) où il enseigne le Français en lycée professionnel pendant quinze ans. Il habite alors une H.L.M. à Sarcelles.

Des espoirs qu'il avait caressés à la réalité quotidienne, il y a un monde, et, malgré son goût pour l'enseignement, il cherche un moyen d'accéder à une autre vie. Il se lance dans l'écriture d'un polar, mais sans trop y croire. Son manuscrit est retenu, il en est le premier étonné. *Les Classes* (1968) est son premier roman policier, suivi de nombreux autres, édités chez Christian Bourgois. Avec *L'Amour aveugle* (1974), signé Patrick Cauvin et vendu à un million d'exemplaires, il peut désormais vivre de sa plume. Il quitte ses élèves et sa banlieue et s'installe à Paris, dans le XVIIIe arrondissement. Après avoir travaillé pour Jean-Claude Lattès, il publie désormais chez Albin Michel, un roman tous les six mois environ (cinquante-cinq ouvrages en tout). Après les romans policiers (*Les Classes* ; *Sbang-Sbang* ; *Et les cris de la fée* ; *Les Innombrables* ; la série des *Reiner*, qui compte treize titres), il écrit des pastiches de films d'épouvante : *Dracula Père et Fils* et *Les Fabuleuses Aventures d'Anselme Levasseur*. Il connaît la célébrité avec des best-sellers comme *L'Amour aveugle* ; *Monsieur Papa* ; *E = MC2, mon amour* ; *Haute-Pierre* (Prix Vogue-Hommes, roman et cinéma) ; *Rue des Bons-Enfants* (Prix des maisons de la Presse), etc.

Dans *Killer Kid*, Claude Klotz met en scène deux enfants qui se lient d'amitié sur fond de conflit israélo-arabe. Il a voulu surtout dénoncer l'atrocité du sort des enfants-soldats qui sont ainsi mêlés de très près aux horreurs de la guerre.

Parallèlement à son travail de romancier, Claude Klotz a été critique de films au journal *Pilote* et il écrit des scénarios pour la télévision et le cinéma.

Claude Klotz

Killer Kid

1

Je ne me souviens plus des premières choses que j'ai pu voir.

Personne n'y arrive, je crois.

Il y a quand même une image qui me vient, un morceau de camion, je ne connaissais pas la marque bien sûr, mais je sais aujourd'hui que c'était un camion russe.

Un A.K.M. 103, le gros, pour le transport des troupes... Il n'y avait que l'un des côtés : c'était plein de sable et de poussière et il ne fallait pas le toucher parce que la tôle brûlait avec le soleil qui tapait dur dessus...

C'est une image toute blanche, sans presque personne...

Des cailloux, et ce morceau de camion avec des bouts de carton qui formaient un deuxième mur, tout entouré avec des cordes...

C'était à côté de chez moi, presque en face.

Nous, on était dans la tente, la grande marabout[1] qu'Allham Tarsi et ses hommes avaient volée aux Israéliens...

Voilà, c'est ça que j'ai dû voir en premier : ce rectangle de tôle tout couvert de sable. Quand le ballon rebondissait dessus, c'était comme un coup de mortier[2], et les femmes sortaient en

1. Forme de tente ressemblant au tombeau des saints ermites de l'Islam.
2. Pièce d'artillerie à tir courbe qui se charge par la bouche du canon. Utilisé pour atteindre des objectifs rapprochés et masqués.

hurlant et je courais en zigzaguant jusqu'au point d'eau pour leur échapper.

J'ai toujours entendu les cris, il me semble.

C'est parce qu'il y a beaucoup d'enfants ici, comme moi.

Non. Je crois que c'est pas le camion que j'ai vu en premier. La première chose, c'est le croissant et l'étoile au-dessus de la natte où je suis né. C'est mon oncle qui les a peints au goudron par-dessus les lettres.

Il a fait ça pour qu'on ne les voie plus mais il a manqué son coup parce qu'avec le soleil, sous le goudron, on remarque bien qu'il y a écrit *U.S. Army*. Parce que la tente est israélienne mais Israël et les Américains c'est pareil, c'est la pourriture du monde, et moi j'ai dû voir ça en premier, à la naissance, l'étoile en goudron d'Allah[1] par-dessus la pourriture qui ressort.

Dehors, c'est toujours blanc et violent de lumière.

Il y a des montagnes qui cuisent au loin, le soir elles sont rouges quand le camp est tout jaune.

Après, je me souviens des grands bidons cerclés, des barils de gas-oil vides, tous empilés, et qui formaient la grande porte de Nabaa.

Je me souviens des gardes.

Fathia devait me porter parce que je ne marchais pas encore, je revois la tête de certains, ils avaient des chewing-gums et des walkmans et ils s'appuyaient sur des kalach'[2] et mon préféré

1. Nom du Dieu unique dans l'Islam. Contraction du terme arabe El-Jlâh qui signifie « l'Unique ».
2. Abréviation de Kalachnikov. Fusil mitrailleur de 30 cartouches, à crosse pliable, inventé par Mikaïl Kalachnikov, né en 1919.

c'était un grand qui venait de la Bekaa[1] et qui ne disait jamais rien...

Je mâchais le sable tout le temps malgré Fathia qui me rabattait le keffieh[2] sur la bouche et je crois que je pleurais souvent...

Après, je courais sans arrêt après les ballons que je ne touchais jamais et je voyais de loin les dessous de pieds de tous les hommes pendant la prière.

Encore une autre vue précise.

C'était à l'heure des montagnes rouges. Sur la place, la patrouille des milices[3] arrêtait le phono du café et tous rangeaient les dominos.

C'est là que j'allais derrière les hommes alignés et tout d'un coup je voyais leurs talons couleur de pierre et c'était le silence avec juste la voix du muezzin[4] qui disait qu'Allah était grand...

J'aimais bien cet instant-là, juste un cri de corbeau rouge et le bruit des ailes des vautours dessus la cabane du boucher...

Après j'ai gardé deux chèvres, mais c'était bien après... Elles mangeaient du carton, c'était incroyable, des caisses entières qui servaient d'emballage pour le lait condensé, elles bouffaient ça des journées entières, tout le carton, même avec le papier collant.

Et puis il y a eu l'école et j'ai appris les sourates[5] mais je n'ai-

---

1. Haute plaine du Liban.
2. Carré de coton imprimé noir et blanc ou rouge et blanc, que les hommes portent enroulés autour de la tête et qui est le symbole de la lutte palestinienne. Yasser Arafat en porte un (voir note 1, p. 12).
3. Organisations paramilitaires ou policières, dans certains pays.
4. Celui qui appelle cinq fois par jour les fidèles à la prière dans l'Islam.
5. Chapitres du Coran.

mais pas ça et après j'ai pris le car sans vitres avec tous ceux qui avaient six ans, comme moi, et tous les jours on a fait les trente-cinq kilomètres pour aller à Chiah[1], tout près de la ville, et là on a appris les choses sur la politique et la vie avec plein de chants de marche et j'ai eu mon premier fusil de bois et l'affiche avec Arafat[2] pour la fête de la fin du ramadan[3].

Je me souviens des défilés.

Des heures à ruisseler et la crosse qui me glissait des doigts et je savais que la sueur tachait mon treillis et qu'il faut frotter fort parce que le sel fait des auréoles... J'avais le meilleur accent pour l'anglais, je le parlais mieux qu'Arafat et j'avais même pas huit ans.

Le dimanche on fumait des syriennes.

Mon oncle en achetait des cartouches... Il avait de l'argent. Je ne sais pas comment il le gagnait... Il n'était pas commerçant pourtant. C'étaient eux les plus riches. Quelquefois, et quand ils montaient les prix, des hommes venaient en treillis avec des guêtres mais sans armes, et c'était la dérouillée, toutes les dents cassées, et la distribution gratuite des poivrons et des oranges jusqu'à ce que les caisses soient vides.

Après, le marchand ne montait plus les prix pendant un mois mais, dès qu'il avait pris l'habitude de mâcher avec ses gencives, ça repartait et il fallait recommencer les punitions.

---

1. Ville du sud-Liban.
2. Yasser Arafat est né à Jérusalem en 1929. Il est le président de l'Organisation pour la Libération de la Palestine (O. L. P.).
3. Neuvième mois de l'année lunaire musulmane pendant lequel les fidèles font jeûne du lever au coucher du soleil.

Ma mère disait que chez nous certains étaient pires que les juifs.

Je jouais beaucoup à cet âge-là.

Il y avait toujours quelqu'un qui venait me chercher et puis il y avait mon frère et Fathia et Smahane.

Moi, c'est Djilali.

Les jours sans école, on était libres dès le matin, et après les dernières tentes la plaine descendait et il y avait des rochers qui se trouvaient là, des rochers fendus avec des plantes dedans, des plantes qui vivaient sans eau, aussi dures que la pierre avec des racines accrochées comme des mains... Après les rochers ça grimpait et c'étaient les premiers contreforts des collines, les collines des deux chameliers.

On jouait à tuer.

Je crois que je n'ai jamais joué qu'à ça.

Avec le foot, mais c'était surtout les grands qui y jouaient.

J'étais toujours écorché à cette époque-là parce que je tombais toujours pendant les batailles. Je ne pleurais déjà plus.

J'ai des souvenirs des deux chameliers. Une fois avec mon père on a tué des scorpions. Tout un nid sous une pierre. Ahmed voulait les faire brûler en faisant du feu avec des cailloux, on n'a pas pu et on les a écrasés avec nos bâtons, cela faisait un jus noir et rouge, une purée avec les carapaces.

C'était un jour de vent chaud. Au fond des poumons on avait tous un incendie, comme l'hiver dans les braseros[1]. J'ai eu très

1. Bassines en métal posées sur un trépied et pleines de braise servant au chauffage en plein air.

froid dans ce camp. Maman cousait les couvertures mais le froid passait parce qu'elles étaient usées... On tremblait tous et ça nous faisait rire, Ahmed avait cinq ans, alors il n'allait pas encore à l'école de Chiah et il me sautait dessus avec son bâton... Il frappait de toutes ses forces pour tuer les frissons qui le secouaient.

Fathia disait qu'il serait un assassin plus tard, un tueur comme Sharon et Reagan et les chrétiens des Phalanges[1].

« Je tuerai les chrétiens », hurlait Ahmed.

Fathia le giflait mais rien n'arrêtait Ahmed.

À cinq ans je crois que tous on avait déjà peur de lui.

Avant les pluies il y avait des mariages chez le marabout...

On mangeait beaucoup ces jours-là, il y avait plein de semoule cuite, des poulets, de la chèvre, des raisins, des pastèques... Je sens encore le goût du jus qui bouillait dans les marmites remplies de piment... C'était une fête mais je l'aimais pas parce que cela voulait dire que bientôt la pluie viendrait et alors tout se recouvrirait de boue... les hommes traçaient des chemins entre les tentes avec les caillebotis[2] qui arrivaient par camions, au bout de quelques fois ils s'enfonçaient dans le sol mou et lorsque je revenais de la fontaine avec mes sœurs je n'arrivais pas à décoller mes semelles de la vase... Nous portions des seaux de plastique transparent roses et bleus et la lueur du jour dansait à travers, c'était beau, mais lourd. Les paumes de mes mains étaient sciées par l'anse de métal.

---

1. Corps de troupes civiles armées.
2. Panneau de rondins de bois permettant le passage sur un sol boueux.

Devant les braseros, au centre de la tente, je regardais les flaques de boue se former lentement sur les gandouras[1]... Elles durcissaient et Fathia passait devant chacun de nous pour nous les enlever avec la lame d'un poignard de commando que l'oncle avait échangé à un milicien contre des cartouches de syriennes.

À ce moment-là je n'avais pas d'amis vraiment...

On jouait tous ensemble, c'est tout, je ne préférais personne...

On dormait tous sous les couvertures cousues, j'avais le souffle d'Ahmed dans mon cou et je lui enfonçais mon poing dans l'estomac pour l'éloigner parce qu'il cherchait la chaleur, se collait contre mon dos et je ne pouvais pas dormir.

Parfois Smahane pleurait.

Elle était la plus belle de toutes et elle avait peur, toujours, de Tsahal[2], d'un raid d'avions, elle avait vu des rockets[3] incendiaires sur une maison à Beit-Nouba et depuis elle avait peur.

Une peur de chaque seconde, sans répit. J'étais très enfant et je me souviens avoir pensé dès cette époque que, si elle avait peur ainsi toute sa vie, cela ne valait pas le coup et qu'il valait mieux qu'elle meure vite. Oui, j'ai pensé ça. Pourtant j'aimais Smahane. Elle avait des lèvres comme jamais je n'en ai revu. Ma mère disait qu'elle avait la bouche du Prophète.

Mais Smahane avait peur depuis la rocket de Beit-Nouba et la mort ne lâchait jamais ses yeux.

---

1. Tuniques sans manches portées sous le burnous.
2. Nom de l'armée israélienne.
3. Projectiles autopropulsés, sortes de fusées tirées à partir d'un tube lisse. On dit aussi « roquettes ».

J'avais neuf ans lorsque nous avons quitté le camp où je suis né. Cela s'est fait vite, les camions sont venus et les militaires nous ont aidés. Ils avaient des chemises très neuves avec des plis et des cartouchières qui crissaient et n'avaient encore jamais connu le sable.

Ils ont enlevé la tente en quelques secondes, ils l'ont pliée juste à l'endroit où l'oncle avait fait le croissant au goudron et toutes les autres ont été démontées et même le morceau de camion russe a disparu. Quand je suis monté sur la plate-forme du camion avec les autres, il ne restait plus rien, que la plaine, les bidons entassés qui formaient la porte du camp et les rouleaux de barbelés qui ne serviraient plus à rien.

C'était fini. Nous n'allions peut-être plus être des réfugiés. On était tous serrés et j'avais les marmites entre mes genoux. Ahmed était grimpé sur le paquet de couvertures et criait dans le vent de la vitesse. L'oncle était dans la cabine à côté du chauffeur et j'étais contre Smahane et je sentais son corps qui tremblait comme d'habitude.

Je lui ai dit que nous allions avoir une maison, à présent, mais j'ai senti qu'elle ne me croyait pas et que ce n'était plus la peine de rien, la terreur qui était en elle ne cesserait plus.

Ma mère regardait la poussière monter derrière les roues et il y avait un petit bruit contre mon oreille. C'était un des vieux buveurs de thé, il avait peut-être cent ans, mais personne ne savait vraiment. Il serrait sa canne dans une main et dans l'autre il avait une boîte en bois et dans la boîte se trouvaient ses dominos et avec les mouvements du camion c'étaient eux qui faisaient ce bruit en s'agitant entre eux et contre la paroi.

C'était drôle parce que Ahmed avait emmené sa trompette. Une vieille trompette en plastique avec l'embouchure toute mordue. Il ne la quittait jamais et en ce moment il la serrait de la même façon que le chibani[1] serrait ses dominos et puis après on s'est endormis dans la sueur et l'odeur d'essence.

On s'arrêtait, on repartait, il y avait des tanks sur les bords de la route, des autochenilles chinoises avec des vieilles Vickers qui tuent tellement vite qu'il faut les refroidir avec de l'eau sinon le canon fond... On devait passer des frontières parce qu'il y avait des postes sur la piste. J'ai vu un abri antiaérien avec le filet de camouflage. Je connaissais bien tout ça, même Ahmed savait les reconnaître avec le nom des marques et le nombre de coups tirés et le calibre, tout...

Une fois, ce devait être le matin, j'ai vu que nous avions changé de couleur, le sable était plus rouge que doré... On était tous trempés dans du cuivre, cela voulait dire que nous avions changé de pays.

Des gosses se sont réveillés et ont commencé à brailler. On était dans les collines à présent et ça miroitait au loin dans le soleil, c'était peut-être la mer.

Et puis tout d'un coup on a quitté la piste et on a roulé sans

1. Le vieux du village.

être secoués, sur une route de goudron, et il y a eu des arbres et on a vu les sacs de sable devant le poste de garde et les alignements de baraques.

Je ne m'étais pas trompé. On allait avoir une maison et je l'ai dit à Smahane.

Des groupes sont venus entourer les camions et un jeune type a parlé, il avait une barbe et un jean serré. J'ai pensé qu'un jour je m'en paierais un, le même, je trouve que ça fait beau.

C'était le chef de camp et on était arrivés.

On a eu la baraque G.23, juste au fond. Je dis « la baraque » mais c'étaient pas des baraques, c'était en dur, monté avec des panneaux préfabriqués, très solides...

Et puis Ahmed s'est mis à courir partout en hurlant qu'il y avait la télé. C'était vrai, elle était dans la bâtisse pour les réunions politiques. Un vieux modèle avec un écran jaune tout petit. On ne l'a jamais vue marcher en fin de compte.

La coopérative était assez loin, près de la mosquée, mais c'était quand même mieux qu'avant parce qu'il y avait de l'eau dans la cour et on a installé un tuyau, des couvertures sur un fil de fer en carré et ça faisait une douche pour les femmes...

Je me souviens qu'on avait des numéros d'attente et qu'avec mes frères et l'oncle on est allés chercher des pliants sur le soir... Je n'avais jamais couché dedans et je n'ai presque pas dormi.

Je devais être énervé... C'était ici ma maison à présent, je n'en partirais que pour l'armée...

Ça serait long encore. On pouvait être bien ici. On était protégés et j'étais au milieu de tous.

Et ils étaient mon peuple.

BIEN LIRE

CHAPITRE 1

- **Quelle est la première vision de l'enfant, finalement ?**
- **Dans quel but l'oncle peint-il l'étoile et le croissant sur la toile de tente ?**
- **D'où provenaient le camion A. K. M. 103 et la tente dans laquelle ils logent ?**
- **Comment se prénomment le narrateur et son frère et ses sœurs ?**

2

Ça me fait vraiment chier de passer en sixième, parce qu'il va falloir que les mecs de la classe s'habituent à mon prénom.

Une idée de mon père qui a cru bien faire.

Il a pas loupé son coup.

Il m'a appelé Fernand.

Déjà Fernand tout court c'est plutôt con et ça fait déjà marrer les gens mais quand on ajoute Baamri c'est le délire.

Fernand Baamri, la réussite totale.

Il faut dire qu'en plus je fais carrément noraf[1] because les crayons crépus, le côté bronzé permanent et les yeux noirs pour tomber les filles. Fernand le bougnoule.

À Jean-Jaurès ils étaient habitués et on se connaissait depuis le préparatoire, alors pas d'histoires, mais à la rentrée ça va pas être pareil. Surtout que je change complètement de quartier : terminé la banlieue, je bosse à Paris. Encore une idée de mon père mais même ma mère, ma grand-mère, ils sont tous d'accord pour ça : il faut que Fernand ait le meilleur lycée. Pourquoi il est pas à Bezons[2] le meilleur lycée ? Ça me ferait moins loin pour y aller.

Parce que ça va être une galère tous les jours. Le bus, d'abord jusqu'à La Garenne[3], le 161 me laisse sur la place, je prends le train et ça roule jusqu'à Saint-Lazare[4], et là je remonte une

1. Abréviation de Nord-Africain.
2. et 3. Villes de banlieue situées au nord-ouest de Paris.
4. Gare parisienne qui dessert les trains en provenance ou à destination du nord-ouest.

petite rue, j'ai oublié le nom mais je vois bien laquelle, et c'est là, liberté, égalité, fraternité et Ferdinand. Lycée d'État Racine.

J'ai pris anglais et allemand, tant qu'à faire, on va pas mégoter[1].

J'aurai pas de copains parce que tous vont au C.E.S.[2] Langevin[3]. Ça c'est le plus con de tout...

Ralbol, Maurice et Lardaoui et ceux de l'équipe de ping-pong, tous à Langevin.

Ils vont retrouver la bande Marcel-Cachin. Va y avoir de la castagne. Ils vont regretter que je sois pas là.

En fait ils le regretteront pas du tout parce que je suis pas tellement fort pour la bataille. J'ai peur de prendre des coups, c'est sûr, alors je remue beaucoup, je fais des bonds mais j'avance pas...

On se retrouvera le samedi au Centre de loisirs, ce sera plus pareil évidemment.

Théoriquement je devrais être avec les autres. C'est mon père qui n'a pas voulu. Il voulait un lycée pour moi et à Paris. Il y tenait plus qu'à sa 304. Et il a fini par l'avoir parce que évidemment avec son boulot il est bien placé pour le piston. Il en a parlé à son chef qui a vu un autre type et ainsi de suite jusqu'à ce que Fernand Baamri se retrouve dans le 161 tous les matins à l'aube jusqu'au baccalauréat.

Belle perspective.

En fait, j'aime bien les études alors je râle pas trop, mais ça

---

1. Lésiner, faire les choses à moitié, faire des chichis.
2. Sigle de « Collège d'Enseignement Secondaire ». Ancienne appellation du Collège.
3. Nom d'un illustre physicien français (1872-1946). Ici, nom d'un établissement scolaire.

dépend des profs, il y en a de vraiment chiants c'est certain. J'aime bien la géo, l'histoire, les sciences nat', la physique aussi mais déjà moins...

Le français aussi, la poésie. Musset[1] surtout, c'est marrant comme j'aime Musset, l'année dernière j'en recopiais des pages entières dans un cahier.

J'avais tous ses bouquins en livres de poche, eh bien, ça fait rien, je les recopiais pour bien les savoir par cœur. J'en connaissais plus de trois cents vers, peut-être quatre cents. S'ils m'interrogent sur Musset, à Racine, ils vont être servis. Pas fini de m'entendre. Mais ça m'étonnerait qu'ils me demandent quelque chose sur lui.

Ils vont plutôt me questionner sur trabaja la moukère[2] ou le couscous-merguez ou alors me faire chier avec S.O.S. Racisme ou me casser la gueule parce qu'on veut pas de ratons... Bon allez, je me calme, parce que j'angoisse pas mal ces temps derniers avec le futur bahut.

Faut que je me dise que je rentre chaque soir. Faut pas que j'oublie non plus que je pars chaque matin, mais bon, c'est quand même pas le Liban. J'ai pas à cavaler pour traverser la cour sous les obus.

Avant on habitait la cité. *Les Brigadières.* Bâtiment F, escalier G, bloc 5, au troisième, appartement numéro 321. Je m'en

1. Poète et auteur dramatique français (1810-1857).
2. Expression provenant d'une chanson populaire imitant les intonations de la langue espagnole (et qui signifie, dans une orthographe approximative : « elle travaille, la femme »). Les sonorités des langues espagnole et arabe étant voisines, cette expression cherche parfois, de façon grotesque, à ridiculiser les Nord-Africains.

rappelle encore. C'était bien, bruyant, juste un peu trop de bamboulas[1] le samedi avec les Sénégalais. C'était impeccable parce qu'en passant par les sous-sols je déboulais droit sur la salle de ping-pong et je peux dire que j'y ai fait des millions de parties. Même des doubles avec Hatlaoui, on était les meilleurs l'année dernière.

Non, il y a deux ans. C'est dingue ce que le temps passe vite. C'est l'année où on avait piqué les raquettes aux mecs de « Touche pas à mon pote ». Ils pouvaient rien nous faire avec leurs opinions, évidemment, t'es bronzé donc t'es sacré, le rêve. On s'était marrés cette année-là.

Et puis on a déménagé parce qu'on a fait construire, comme dit Maman. On peut dire qu'elle l'a répétée sa phrase, toujours sur le même ton, en kabyle[2] comme en français.

« Nous faisons construire. »

Après, quand elle recevait les copines des *Brigadières*, elle disait : « Nous avons fait construire. »

Quelqu'un qui fait construire, pour elle, c'était comme si on libérait l'Algérie pour la deuxième fois.

Donc on s'est installés dans le pavillon de la Z.U.P.[3] Tous pareils les gourbis[4], grands et avec le petit terrain devant et derrière et tout installé. Plus qu'à payer tous les mois jusqu'à la fin de sa vie mais c'est pas grave parce que Papa a la place régulière.

---

1. Danse africaine exécutée au rythme des percussions. Ici, fêtes.
2. Dialecte parlé par les Kabyles, peuple berbère d'Algérie. La Kabylie s'étend à l'est d'Alger.
3. Sigle de Zone à Urbaniser en Priorité.
4. Nom donné aux habitations paysannes rudimentaires d'Afrique du Nord. Familièrement, ce nom désigne des logements sales et misérables.

On a meublé pareil et y a rien eu à faire, j'ai pas pu mettre mes posters. Avant, dans la vieille chambre, j'avais le droit de les coller, tous les chanteurs, l'équipe de Paris-Saint-Germain, Duran-Duran, Police, même les vieux Jackson, et surtout celui de Madonna, celui que je préfère, il n'y a rien eu à faire. Elle a pas voulu que je salisse les murs tout neufs. Résultat, j'ai toutes mes affiches roulées sous mon lit et tout est nu partout.

Sauf dans le salon où ils ont accroché leur saloperie de tapisserie qu'ils ont ramenée de Constantine : la charge d'Abd el-Kader[1] avec un sabre mal dessiné et les chameaux, les palmiers, les minarets, le sable, les cavaliers français qui foutent le camp et le sang couleur groseille et tout tellement plein de jaune par terre, de bleu dans le ciel, de vert, d'orange, tout l'arc-en-ciel que ça fait mal aux yeux et que ça donne envie de dégueuler.

Moi, j'ai pas le droit de mettre quatre musiciens et six footballeurs mais eux ils mettent toute une armée bariolée, c'est ça la justice.

Et puis il y a évidemment la photo de mon grand-père agrandie. En uniforme repassé avec la médaille militaire pendante sur le treillis. C'est pris à Mostaganem[2] un 14 juillet en 1953. Après il est devenu harki[3] et il est mort à Fréjus[4] avant que je sois né.

---

1. Émir algérien (1807-1883) qui dirigea la « guerre sainte » contre la France de 1832 à 1847. On a donné son nom à une bataille.
2. Ville d'Algérie sur le golfe d'Arzew au sud de l'estuaire du Chélif. Port de pêche et de commerce.
3. Militaire appartenant à une harka, unité militaire levée en Algérie pour renforcer l'action de l'armée française pendant la guerre d'Algérie (1954-1962).
4. Station balnéaire située dans le Var entre les Maures et l'Estérel.

Il a des moustaches terribles et il ressemble pas du tout à mon père qui fait pas du tout guerrier.

J'ai des photos de mon père mais ça a rien à voir, il est en train de rigoler avec moi sur la plage à Port-Manech... On allait en Bretagne en juillet avant de faire construire.

C'est un jour où il y avait un vent terrible et on essayait de jouer aux raquettes mais la balle revenait. C'est Maman qui avait pris la photo. Elle a toujours peur de les manquer, de se tromper de bouton, il n'y en a pas cinquante, le déclencheur, c'est tout.

Elle croit que les femmes c'est plus con que tout, c'est pourtant plus facile de prendre une photo que de faire le couscous.

« Elle maîtrise pas la technique. »

C'est ce que dit Papa toujours, il aime bien répéter cette phrase.

Elle, c'est :

« Nous avons fait construire. »

Lui, c'est :

« Elle maîtrise pas la technique. »

Il y a d'autres photos de lui, il est au milieu de ses collègues en bleu de travail au milieu des pelouses...

On voit des bosquets au fond, bien taillés, impeccables, et des gardes qui se promènent dans les allées.

Là aussi il rigole. Il est le seul.

Mais tout ça c'est pas des photos qu'on met dans des cadres pour accrocher au mur, au mur il y a que Kamel Baamri, sergent de l'armée française 1872-1963.

On a fait mettre *1872*, on ne sait pas trop, parce que les papiers en ce temps-là c'était pas la précision, à quelques années près, c'est ça.

Je suis fils unique. C'est Papa qui l'a voulu, il a des théories là-dessus.

Il a des théories sur tout, là-dessus en particulier.

Il dit que moins on a d'enfants et mieux on s'en occupe, et si on veut qu'il vous dépasse un jour, il faut lui donner les moyens pour ça et ça coûte très cher, etc.

Personnellement je ne veux dépasser personne mais c'est lui qui a décrété que c'était comme ça.

Il répète aussi très souvent une formule qu'il a inventée :

« Allocations, pièges à cons. »

C'est vrai qu'aux *Brigadières* ils étaient tous nombreux dans les familles, il y en avait un qui naissait alors que les autres étaient déjà au C.E.P.[1] à faire l'ajusteur ou la sténo...

Moi c'était à part, fallait que je fasse le lycée et pour ça fallait que je sois seul.

C'est comme ça.

Et puis c'était quand même mes parents les plus modernes pour parler des choses de la naissance, ils connaissent tous les médicaments à prendre, les choses comme ça, lui il maîtrise bien la technique, alors que je me rappelle dans notre escalier G, bâtiment F, bloc 5, il y avait quand même des bonnes femmes qui ne sortaient jamais, avec les voiles, les pieds nus, les

1. Cours d'Enseignement Professionnel.

tatouages, le khôl et le thé à la menthe tout le temps et des gosses partout sur les coussins...

Chez les Farhed au cinquième, c'était le souk[1] total, je suis monté quelquefois voir Mustapha, y avait des poules dans la baignoire, ils étaient neuf dans un F4[2] avec la télé au maxi. Il avait du mal à réviser ses leçons le Farhed...

Je le battais tout le temps au ping-pong mais lui c'était plutôt le foot... Un jeu de tête incroyable. Il montait les escaliers avec le ballon sur la tête pour s'entraîner, il le faisait sauter par petits coups comme un magicien. Son idée c'est d'être pro, un jour. On est allés le voir jouer dans un tournoi de minimes à Argenteuil[3] avec Papa un dimanche et ça m'a fait marrer parce que quand il a vu Farhed il a dit qu'il maîtrisait bien la technique.

C'est les élections bientôt mais pour nous ça change rien parce que quel que soit le type qui gagne, Papa reste. Au fond c'est plus sûr comme métier d'être jardinier que président.

En fait, il est pas jardinier, il est assistant-jardinier. Il a été stagiaire puis auxiliaire et maintenant il est assistant. Ça fait cinq ans. C'est à partir de ce jour-là qu'on a fait construire. Il s'est même fait faire des cartes :

Belkhacem Baamri.
Membre du personnel de l'Élysée.

1. Lieu de marché oriental, ensemble des ruelles bordées de boutiques. Familièrement, ce nom désigne le désordre dans un logement.
2. Appartement de quatre pièces.
3. Chef-lieu d'arrondissement du Val-d'Oise, sur la Seine, au nord-ouest de Paris.

Ça fait sérieux. Papa dit que ça peut aider.

En tout cas, ça va pas me servir à grand-chose quand je serai au cély[1].

Dans le pavillon on habite allée Brossolette, on a donc un jardin et on pourrait croire qu'il est bien entretenu puisque Papa est jardinier, eh bien pas du tout.

Rien ne pousse, on n'a même pas de fleurs l'été, Maman a mis des salades, c'est moi qui arrose mais les feuilles sont toutes bouffées par des sortes de saloperies d'asticots minuscules. Papa dit que le terrain ne se prête pas à la culture. Elle lui dit souvent que si un jour son chef vient le voir et qu'il voit son jardin dans un tel état il se fera renvoyer et lui répond que le jardinier en chef il a autre chose à faire que d'aller voir allée Brossolette si le jardin de Belkhacem Baamri est bien entretenu ou pas et que de toute façon ça ne prouve rien.

Donc, c'est elle qui fait tout et moi je l'aide un peu mais je n'aime pas beaucoup m'occuper de tout ce merdier vert l'été et gris l'hiver. Ça me passionne pas.

En fait je ne sais pas très bien ce qui me passionne.

J'aime bien le ping-pong et Alfred de Musset mais c'est pas avec ça que je vais gagner ma vie.

Je ne sais pas ce que je veux faire.

Peut-être prof de géo.

Pas dans un L.E.P.[2] mais dans une grande école, à la

1. Lycée en verlan.
2. Sigle de Lycée d'Enseignement Professionnel, ancienne appellation du Lycée Professionnel (L. P.).

Sorbonne ou dans un truc comme ça, avec de vieux élèves qui ne chahutent jamais.

Le mercredi après-midi, c'est vraiment le jour le plus con à la télé, il n'y a que des trucs de gosses tout petits et même eux je me demande s'ils aiment ça, tellement c'est débile. Des filles avec des nœuds dans les cheveux, avec des voix qui font grincer les nerfs, ou alors des mecs avec des biscoteaux et des cuirasses qui montent sur des dragons d'acier. N'importe quoi. *Chelaoim les skebas*[1].

Je pourrais aller arroser les romaines[2] de Maman mais il va bien finir par pleuvoir un jour. Elle a essayé la romaine après le désastre des batavias[3]. Papa a dit que c'était plus robuste. À mon avis il n'y connaît rien. Faut pas le sortir de ses gazons irlandais et de ses massifs ornementaux.

Ce soir je vais au ciné avec Farhed. On va voir *Rocky IV*. J'aime pas la boxe pour de vrai mais j'aime bien la boxe au cinéma et puis j'aime bien Stallone.

On croit qu'il a l'air con, qu'il est pas rapide et c'est vrai que quand il réfléchit on sent que c'est long, seulement il se goure[4] jamais. Il regarde les gens qui s'agitent tout autour, qui vont dans tous les sens, qui prononcent deux mille mots à la minute, lui il dit rien, il enregistre tout ça et il se rend compte que c'est vraiment des salopards et il leur abat son poing sur la gueule et tout le monde applaudit dans la salle.

---

1. « Lâche-moi les baskets » en verlan.
2. et 3. Variétés de salade.
3. Se trompe (en Argot)

Parce que quand il y a Stallone qui passe à Bezons, personne peut imaginer ce que c'est, tous les mecs se chicorent pendant trois semaines autour des bacs à sable. Moi pareil. Quand je sors de la salle, j'ai l'impression que si je fais les mêmes gestes que lui, je vais lui ressembler.

Alors je marche un peu élastique avec les épaules qui remuent... Évidemment ça me rend pas plus épais mais enfin ça me fait croire que si.

C'est agréable.

J'espère qu'il en fera encore plein d'autres des *Rocky*.

BIEN LIRE

CHAPITRE 2

- **Quel est le prénom et le nom du narrateur ?**
- **Quel est le métier du père du narrateur ? Où l'exerce-t-il ?**
- **Quelle est la voiture du père du narrateur ?**
- **Quelles sont les activités préférées du narrateur ?**

3

Et puis un soir, les amis de l'oncle sont venus.

Il y avait plus de six mois qu'on était arrivés au camp des maisons neuves et je me souviens que c'était l'été. Ils étaient trois et j'ai bien vu tout de suite qu'ils étaient officiers. Ils n'ont pas besoin d'être habillés en soldats, on les reconnaît, surtout parce que les autres les respectent. S'il n'y avait pas eux on serait partis de Palestine depuis longtemps.

Je me souviendrai toute ma vie de ce soir-là. Ils avaient traîné toute la journée et le plus gros avait dû boire trois litres de thé et ils parlaient tous très doucement entre eux, personne ne pouvait les entendre.

J'étais avec Ahmed et ceux du baraquement 42 et on jouait devant la porte avec des chiens du camp.

On l'avait appelé Mahouk, il est plus jaune que les autres, jaune comme un lion, et c'est le plus marrant de tous parce qu'il a une oreille cassée et toujours faim. Tous ont faim mais lui plus que les autres... À force de fouiller dans les décharges et les ordures ils ont la gueule toute sanglante, toute blessée.

Donc, on était là et c'était le moment où la lumière baisse, quand ils sont arrivés chez nous.

On s'est levés et on a salué militaire. Ahmed a couru et il est revenu avec son pistolet. C'est moi qui lui ai scié dans mes planches. Ça dessine vaguement la forme. Il y a un morceau de tuyau ficelé pour faire le canon. Il est venu leur montrer ça et je croyais que cela allait les faire rire mais non... Juste un qui a eu un sourire sous la moustache, juste à peine, comme s'il avait eu trop de malheur pour rire avec toute sa bouche.

On était tous dehors devant la porte et l'oncle est entré le premier pour prévenir ma mère de se voiler et de faire le thé mais ils ont dit qu'ils ne resteraient pas. Celui avec la moustache est resté dans la cour et il m'a demandé si je savais bien pourquoi nous étions en guerre. J'ai dit :

« Contre l'impérialisme.

– Quel impérialisme ?

– L'impérialisme juif et américain. »

... Et qu'est-ce qu'il a fait l'impérialisme juif et américain ? Il nous a chassés du pays de nos ancêtres, etc. etc. Je savais toutes les réponses très bien. Il m'a aussi interrogé sur l'islam, les versets et j'ai tout su.

C'est à la fin qu'il m'a dit :

« Tu aimerais être un combattant de l'islam ? »

J'ai dit oui. Mais j'ai quand même ajouté que j'avais que onze ans et il a hoché la tête.

« Il faut commencer très jeune, tu seras officier plus vite. »

Tout s'accélérait d'un coup... J'ai compris que c'était important et ce qui est drôle c'est que j'ai pensé tout de suite à Smahane, parce que je savais déjà qu'il allait falloir partir et que je ne la reverrais peut-être plus avant longtemps et qu'elle allait avoir encore plus peur sans moi... Ahmed est trop petit et trop fou pour la protéger.

Alors je lui ai demandé si j'allais partir loin dans un camp de l'O.L.P. et il n'a pas répondu.

Peut-être ce n'étaient pas des gens de l'O.L.P. parce qu'il y a des groupes à part aujourd'hui, c'est compliqué. Tous n'aiment pas Arafat, mais ça ne fait rien parce que de toute façon ce sont des guerriers et ils chassent l'ennemi de chez nous. Pour ça, ils sont tous d'accord.

Alors l'officier a sorti des cigarettes et il m'a tendu le paquet pour que j'en prenne une. J'ai déjà fumé. Même Ahmed a déjà fumé mais là je ne pouvais pas parce que ma mère pouvait me voir à travers la porte ouverte. L'oncle s'en foutait mais ma mère me battrait.

J'ai dit non, merci.

Ahmed cavalait partout en flanquant des coups de pistolet sur Mahouk qui faisait de la poussière.

L'officier s'est accroupi sur ses talons et j'ai senti l'odeur de la cigarette, c'était une américaine impérialiste avec un filtre d'or.

Le soleil se couchait et on avait tous l'air d'être peints avec un pinceau de cuivre.

Quand il s'est baissé j'ai vu la crosse de son flingue à l'intérieur de sa chemise. Je connais tout très bien, c'est un Heckler 70 avec un chargeur de neuf cartouches. Il m'a demandé :

« Tu sais comment ton père est mort ? »

J'ai dit :

« Oui, à...

– Je ne te demande pas où, je te demande comment. »

J'ai avalé ma salive.

« Il a été brûlé.

– Par qui ?

– Les Phalanges.

– Les Phalanges et puis qui ?

– Les juifs.

– Très bien. Avec quoi ils l'ont brûlé ? »

Ça je le savais, c'était un peu comme toutes les autres questions sur le Coran et l'impérialisme.

« Au lance-flammes. »

Je savais même des détails : un truc américain avec mise à feu par pile, réservoir de cinq litres et portée de soixante-dix mètres mais j'avais appris à faire des réponses brèves.

« Tu as vu des gens brûlés ?

– Oui. »

À Saha[1], une fois, des infirmières avaient amené des blessés au camp, ils étaient repartis parce qu'il n'y avait rien pour les soigner. Il y en avait trois sur la plate-forme d'un gros Lada. Les types qui conduisaient avaient un mouchoir sur la bouche et le nez tellement ça puait, il y avait des mouches partout. J'ai pensé que mon père avait dû sentir comme ça mais je m'en foutais parce que je ne l'ai jamais vu ou je m'en rappelle plus, j'étais trop jeune.

Il y a une photo de lui avec sa kalach', il est avec sa patrouille et il a une casquette comme Arafat et l'air sévère.

---

1. Camp de réfugiés.

« Ça te plairait pas de leur faire ce qu'ils lui ont fait ?

– Si.

– Ça te plairait ?

– Oui, bien sûr. »

J'en savais rien, finalement, mais si j'avais répondu « Je sais pas » ou quelque chose dans ce genre, il m'aurait peut-être frappé ou fait mettre au garde-à-vous devant les autres ou n'importe quoi.

Et c'est alors que j'ai eu l'immense surprise, parce qu'il a sorti des papiers de sa poche de chemise, la poche où il mettait aussi ses cigarettes, et ses papiers je les ai reconnus tout de suite : c'étaient tous les résultats que j'avais eus à l'école durant l'année.

C'était un long papier jaune avec tout marqué, toutes les notes avec ce qu'avait écrit le directeur sur la conduite, l'application, la capacité d'attention, les devoirs de patrie, le sens civique, la géo, l'éducation politique... Tout.

J'en revenais pas qu'il soit passé à mon école, ça alors, ça m'a suffoqué, et là tout a basculé pour la première fois parce que c'était vraiment pour moi qu'ils s'étaient déplacés.

Il a regardé les feuilles longtemps... Je me souviens de tous les bruits à ce moment-là, l'eau qui bouillait dans la maison, le bruit des voix, Mahouk qui aboyait parce que Ahmed voulait lui mettre le tuyau de son flingue dans le cul et tous les autres bruits du soir avec des rires au loin et j'ai pensé, Allah, je voudrais entendre ces bruits-là tous les soirs de ma vie et ne pas quitter la terre bénie ni les autres, ni Smahane, ni Mahouk, ni ma mère, ni ce petit con d'Ahmed.

« Tu n'aimes pas la gymnastique ? »

Je suis devenu un peu rouge. C'est en course surtout que je n'ai pas de bons résultats. Je sais que je dois m'entraîner pour le souffle. Et puis le lancer de poids, j'ai en dessous de la moyenne.

Le maître a dit que lorsque je lancerai une grenade je la recevrai sur les pieds et tous ont ri.

Mais je m'exercerai. C'est ce que le maître dit aussi, si l'on s'exerce tout réussit.

J'ai répondu que j'aimais la gymnastique mais que j'avais manqué les épreuves. Je me suis un peu embrouillé et j'ai vu qu'il ne m'avait pas cru. Pendant que l'on parlait j'entendais vaguement les autres qui parlaient avec l'oncle. Il y en avait un qui avait l'accent libanais.

Peut-être. Ce n'était pas sûr. Je me suis demandé si ce n'étaient pas tous des officiers d'Amal[1]. On ne peut pas savoir et il ne faut pas chercher. Nous sommes arabes. C'est tout, et un jour il n'y aura qu'un seul pays où nous vivrons tous. C'est ce que dit le mollah[2] et il ne peut pas mentir car il est l'homme d'Allah et Allah connaît l'avenir.

Après, l'officier à moustache qui m'avait questionné est entré à son tour et je me suis écarté de la porte pour qu'ils ne croient pas que j'écoute.

---

1. Mouvement politico-militaire de la communauté chiite libanaise constitué en 1974.
2. Dans l'Islam chiite, homme versé dans les sciences religieuses, docteur de la loi.

J'ai un peu joué avec Ahmed et le chien mais pas beaucoup parce que je pensais à autre chose. La nuit était presque tombée et j'ai eu envie d'aller sur la place écouter les haut-parleurs. C'est le moment que je préfère, les lumières s'allument et il y a quelqu'un, je ne sais pas où, qui ouvre la radio et les voix sortent par les haut-parleurs placés dans les eucalyptus[1]. Presque tous les hommes sont là et discutent sur les couvertures et les tapis posés par terre.

Ça sent les pieds parce qu'ils enlèvent leurs chaussures, mais il suffit que le vent se lève un peu et l'odeur part comme le génie dans la bouteille dans l'histoire de Simbad.

Le dernier à venir est Mustah, fils de Kaiber, c'est un homme du désert, il descend des montagnes de Nefoud[2], le pays où les pierres fondent à midi, et il est le plus vieux du village. Il attache ses trois chèvres au poteau télégraphique et raconte comment il a tué deux juifs dans le Sinaï[3] avec un fusil anglais à percussion de 1872 qui se chargeait encore par la bouche.

Il peut décrire le fusil pendant des heures, un Enfield avec des incrustations de nacre dans la crosse comme les Marocains. C'était l'arme du Mokhtar du village et il la lui avait volée pour aller se battre. Il avait coupé la tête des juifs, les avait déshabillés et avait revendu les armes, les équipements et les munitions pour s'acheter deux chamelles grises mais les juifs les lui avaient

1. Arbres de haute taille poussant dans les pays chauds.
2. Désert de sable du nord de l'Arabie.
3. Presqu'île montagneuse. Territoire égyptien que les Israéliens ont occupé entre 1967 et 1973.

tuées toutes les deux dans l'oasis de Sourgla avec une mitrailleuse d'hélicoptère...

Mustah n'est pas un Palestinien mais il est accepté dans le camp, c'est un vieux vagabond sans terre ni parents, et il a choisi de venir mourir ici, dans le camp.

Au début, il se saoulait avec les soldats, mais c'est terminé, les inspecteurs politiques lui ont dit que s'il voulait rester il fallait qu'il soit sobre et qu'il fasse les ablutions[1]...

Donc Mustah est arrivé et il y avait déjà des enfants autour de lui et déjà les chèvres donnaient des coups de cornes et il y a eu la voix dans les arbres qui semblait envahir tout l'espace :

« Frères et sœurs de Palestine, salut. »

Je n'écoute jamais beaucoup les nouvelles. On se bat toujours et il y a des rencontres qui se multiplient, mais c'est parce que je suis un enfant et que je ne comprends pas la politique.

Enfin, ce soir-là je ne suis pas resté trop longtemps sur la place parce que je sentais qu'avec cette visite quelque chose se passait pour moi. Derrière les douches j'avais mes amis qui faisaient un foot mais j'ai fait un détour dans l'ombre des baraquements pour qu'ils ne me voient pas passer. Je suis revenu chez moi et comme j'entrais dans l'allée je les ai vus sortir, l'oncle et les trois autres. Et puis j'ai vu les billets.

Je ne sais pas pourquoi mais j'ai fait comme si je n'avais rien remarqué. Je n'en ai jamais parlé. Pourtant je les ai vus dans la

---

1. Action de se laver le corps entièrement ou en partie afin de se purifier. Les musulmans font leurs ablutions avant chaque prière.

lumière de la lampe qui est dans la pièce. On dit que j'ai des yeux de Targui[1] parce que je peux voir bouger un corbeau d'ici jusqu'aux premières dunes et il faut des heures pour y aller, alors je suis certain de les avoir vus : j'ai vu leurs mains à contre-jour et je voyais les liasses. Il y avait de tout, des shekels[2], des billets syriens, des jordaniens et des dollars aussi, et l'oncle a tout mis dans la ceinture de son pantalon. J'ai reculé dans l'ombre et ils sont partis.

J'ai encore attendu un peu et la nuit était complète. Je sentais sous mes pieds la poussière qui devenait froide peu à peu et j'entendais mon cœur battre.

On a mangé dans la tente, je m'en souviens, et l'oncle faisait du bruit avec la cuillère. Je pensais aux billets qu'il avait sur son ventre et il ne disait rien. Même Ahmed ne faisait pas de bruit. Et puis l'oncle a dit :

« Djilali part demain pour une nouvelle école. Chez les militaires. »

Il y a eu un froissement derrière moi, c'était Smahane. Fathia et ma mère étaient dans l'ombre et je ne pouvais pas voir leurs têtes.

« C'est pour être capitaine ? » a dit Ahmed.

Personne n'a ri et j'ai secoué le malheur qui me venait. Ce qui arrivait était bien. Je serais un grand soldat et je rencontrerais Arafat un jour.

---

1. Population berbère nomade du sud saharien. On dit aussi Touareg.
2. Monnaie israélienne.

Partir d'ici n'était pas grave. Je ne les aimais pas assez. Les femmes ne comptaient pas. Et Allah veillait, Il m'avait choisi ce soir, j'allais voir peut-être des villes et d'autres pays.

Il n'y avait que ces billets que je ne comprenais pas parce que s'ils m'avaient choisi pour être un combattant libérateur de mon peuple, pourquoi avaient-ils payé ?

BIEN LIRE

CHAPITRE 3

- **Quel est l'âge du narrateur ?**
- **Dans quel pays se situe l'action ?**
- **L'enfant est-il intéressé par la politique ?**
- **Pourquoi l'enfant trouve que « partir d'ici n'était pas grave » ?**

4

Y a qu'un beur[1] comme moi dans la classe, vraiment c'est bien le plus con.

Un vrai taré.

Toujours à la ramener sur le foot. Même pas le foot, le P.S.G., avec les autocollants, les vignettes, tous les joueurs, le vrai débile.

En plus c'est un mec assez raciste parce qu'il n'aime pas les Kabylos. Il ne l'a pas dit vraiment, je l'ai compris.

C'est bien comme lycée. C'est surtout vieux. C'est des murs très hauts, en pierre. Pas du tout le style préfabriqué[2] bas de plafond, on sent que c'est une bâtisse qu'est là depuis un siècle au moins et qu'elle est pas près de s'en aller.

Au début on se perdait tous dans les couloirs et les escaliers. Parce qu'on change de classe tout le temps, toutes les heures. C'est pas comme avant où on avait la même toute l'année, pour les maths on est dans la douze, pour le français on a la sept, c'est la mieux, avec les tables en fer à cheval et puis la classe de géo et d'histoire, avec les appareils de projo, le magnéto, tout le cirque...

C'est bien équipé.

Mais quand même si on compte le temps où on déménage, où on range les affaires, les escaliers, etc., eh bien, à la fin de

1. Terme familier. Jeune maghrébin né de parents immigrés en France et possédant la nationalité française.
2. Bâtiment dont les éléments ont été fabriqués à l'avance et qui n'ont plus qu'à être assemblés.

l'année, on aura passé autant de temps à voyager à l'intérieur du bahut qu'à écouter le prof.

Et puis la première semaine, c'était la pagaille, les emplois du temps changeaient tout le temps et j'avais toujours la trouille de me gourer.

Une fois je suis arrivé deux heures en avance. J'aurais pu prendre le neuf heures trente-deux au lieu du sept heures dix-neuf. Deux heures au pieu de loupées. Au lieu de ça, en étude avec Perrot. Une peau de vache avec les sixièmes. Avec les terminales il est tout doux, il fait l'indulgent comme celui qui comprend bien les jeunes. Il comprend que les jeunes parce que les plus jeunes alors là il comprend plus rien du tout. Si t'as le malheur de demander une règle ou la gomme, c'est deux heures le mercredi après-midi, le fumier intégral.

Et tous les grands cons autour qui se marrent.

Heureusement il y a Mépied. Ça fait drôle quand on le dit évidemment, il y a des types qui en rigolent toute l'année : « Hé, Baamri, tu joues avec Mépied ? T'es copain avec Mépied ? » Et puis alors le fin du fin, la crise totale à la cantoche : « Hé les mecs, ça me chatouille, y a Baamri qui mange avec Mépied. »

Éclatés les mecs.

Peut-être que cela se calmera au deuxième trimestre. De toute façon, lui il s'en fout. Il m'a raconté qu'au début il s'est castagné, comme il perdait, il laisse couler. Parce que se faire mettre en caisse, c'est pas marrant, mais déguster la baston en plus, doucement les basses.

Il a appris le karaté à un moment, il a dégusté encore plus.

C'est assez dur parce qu'on a plein de devoirs. Mais le pire de tout c'est les bouquins. C'est les profs qui disent :

« Vous achetez le Lavergne et Dumas, classe de sixième, pour les exercices, vous prenez le Dubost classe de cinquième, et attention la nouvelle édition, pas l'ancienne. »

Et nous on avait des listes avec d'autres bouquins marqués et ceux qui avaient déjà acheté étaient comme des cons et alors mon père a pris le coup de sang. Il a sorti la 203 et il a foncé chez Gibert Jeune et crac en double file. Il a pris un mec au hasard et il a dit :

« Je veux les livres de sixième.

– Lesquels ?

– Tous, tous les livres.

– Mais de quelles matières ?

– Toutes les matières... »

Il est rentré avec le coffre plein. Quand j'ai vu ça, je suis tombé par terre.

Il a tout déchargé dans le salon, ça faisait des piles d'un mètre.

Il a montré d'un grand geste et il a dit :

« Cinq mille balles ! »

Comme s'il avait gagné la guerre à lui tout seul.

« Cinq mille balles ! »

Il avait tout acheté, les vendeurs lui avaient fourni le lot complet. Même les bouquins de maths de 1947 avec le papier tout jaune.

Il a expliqué qu'ils étaient trois à s'occuper de lui, ils faisaient le va-et-vient dans l'escalier pour lui ramener les bouquins.

Un vrai triomphe.

Après il a dit :

« Tu lis ça et tu sais tout pour la sixième. »

Voilà, c'est aussi simple que ça : je commence par celui du dessus, près de la porte, et je termine par le dernier de la rangée, et je passe en cinquième.

Mon père croit aux livres. Il pense qu'un homme qui lit est un savant. Je ne sais pas où il a été pêcher ça.

Cinq mille balles !

J'en ai encore la sueur qui me coule. Je l'avais jamais vu aussi fier… C'est tellement une histoire de bougnoules que j'en ai honte.

Maman l'a grondé quand même. Surtout qu'en plus il a ramené une contravention pour le stationnement. Réussite parfaite.

Enfin maintenant j'ai les bouquins. J'arriverai peut-être à les revendre petit à petit. Dans le tas j'ai retrouvé ceux qu'il me fallait. Heureusement.

Le soir, avec Mépied, quand j'ai le temps avant le train à Saint-Lazare, on passe par Pigalle.

Il habite derrière, rue des Martyrs. On regarde les peep-shows et toutes les photos avec les bonnes femmes avec les sangles comme les tentes pour le camping. Il aime ça, Mépied. Moi je m'en fous.

On n'a pas le droit d'entrer dans les sex-shops. Une fois, on a essayé, on s'est fait virer. Faut attendre d'être au moins en première.

En tout cas, c'est bien comme quartier, le Moulin-Rouge, les cinés de karaté et les pornos.

J'aime bien les titres, *La Prof n'a pas de culotte, Prends-moi par tous les trous.*

Très osés.

On marche sur le boulevard et on repère les travelos, les putes... Il y en a toujours deux à l'angle de la rue qui remonte vers Clichy, très jeunes avec de grandes bottes luisantes qui montent jusqu'à leur slip. Avec Mépied on dit qu'on ira quand on sera plus grands mais à ce moment-là peut-être qu'elles seront parties. Ou trop vieilles pour nous... Enfin, ça me change de Bezons et des cités, parce que par là-bas, à sept heures du soir tout le monde est devant la télé et y a plus un chat. Là, les gens marchent, se baladent, ils ont le temps... Et puis, peut-être ils n'aiment pas la télé. C'est très gai, il y a toujours des cars arrêtés avec des touristes, ils viennent voir le petit jet d'eau et ils repartent contents.

Plus tard j'habiterai par là. Si je peux me payer un appartement. Parce que c'est cher, évidemment : on descend de chez soi et on est comme dans une fête foraine qui a lieu tout le temps, alors forcément tout ça, ça se paie. Mépied m'a dit qu'avant la Noël il y a des autotamponneuses, c'est bientôt, on en fera.

Ce qui est pas mal dans le lycée, c'est qu'on a le carnet tous les trois mois. Ça fait donc quand même trois fois moins d'engueulades.

Jusqu'à présent on n'a eu que deux compos et j'ai à peu près réussi mais le plus dur est pas arrivé.

Mépied a tout loupé. C'est un mauvais élève mais il s'en fout parce que ses parents l'étaient aussi. Son père est sculpteur. Il vend des gros blocs de ciment avec des bouts de ferraille qui dépassent. J'arrive pas à croire qu'on puisse acheter des trucs pareils. Mépied dit que ça plaît parce que c'est moderne.

À Bezons aussi c'est moderne, c'est pas pour ça que ça plaît. Enfin, c'est des trucs d'artistes.

Évidemment, c'est le train qui est l'emmerdant dans tout ça. Le matin et le soir, quand je prends celui de six heures douze, c'est incroyable le monde sur les quais, dans les wagons, partout. Je ne peux jamais m'asseoir.

Chaque fois que j'y suis arrivé, paf, une femme enceinte. Alors là pas d'histoires, je me lève. Ça fait chier les racistes. Ils croient qu'on n'est pas polis. Le pire, c'est les types qui essaient de lire le journal malgré la foule. En général ils m'en mettent le coin du bas dans l'œil parce que je suis juste à la hauteur. Je vais finir l'année borgne[1].

---

1. Qui n'a plus qu'un seul œil valide.

Trois arrêts avant La Garenne. Dix minutes à être coincé entre de gros culs, c'est dur à supporter.

Après c'est le bus et là je me caille parce qu'il y a jamais beaucoup de 161. C'est l'autobus le plus rare du monde. Parfois j'ai envie de rentrer à pied tellement je glaglate. Et en plus on n'est pas encore en hiver. Qu'est-ce que ce sera en janvier !

Mais j'aime bien tout ça parce que j'aime bien Paris. Je crois que c'est parce que j'y suis pratiquement né. Quand j'étais très petit, encore dans la poussette, ils m'ont poussé dans les Tuileries et tous les dimanches de l'été on y retournait. J'aimais bien les monuments, le Louvre avec les statues, la Concorde, je trouve toujours ça formidable.

Il paraît que Constantine[1] c'est bien aussi. Maman est de Aïn M'lilia. C'est tout près, dans les montagnes, je n'y suis jamais allé. Je sais qu'elle voudrait y retourner. Je m'en fous, je préfère le ciné, les photos de filles à poil, même la gare Saint-Lazare j'aime bien, les grands escaliers roulants, la musique du grand hall... C'est la belle ville et je resterai toute ma vie là.

Question filles, rien encore. À Bezons, au deuxième étage de l'escalier C, bâtiment V, on s'attendait avec Sylvaine Pérangot, depuis que j'ai quitté la cité on ne se voit plus. On faisait pas mal de ping-pong, ce qui me faisait chier c'est qu'elle n'aimait que les chanteurs français, les conneries des ringards, quand elle comprenait pas les paroles elle craquait. À part ça, elle ressem-

1. Ville d'Algérie. Centre principal de l'est du pays.

blait à une des coco-girls. En plus petit évidemment et pas maquillée parce que sa mère lui aurait refait la tronche à la matraque. Son affaire à elle c'était d'avoir une machine à écrire pour elle. Comme ça, pour le C.A.P.[1] dactylo elle serait parée[2]. Aucune ambition.

Moi, je ne sais pas ce que je veux faire.

Pas jardinier en tout cas.

Même à l'Élysée, je me vois pas en train de couper les feuilles qui dépassent.

Peut-être écrire des livres, des trucs de pensées...

Ou alors des bouquins d'histoire...

Histoire de Bezons par Fernand Baamri.

Non. Pas *Histoire de Bezons* parce que ça se vendrait pas beaucoup... *Histoire de Paris.* Ça se serait bien.

Histoire de Paris par Fernand Baamri. Je me vois bien à la téloche :

« Fernand Baamri, parlez-nous de votre très beau livre sur l'histoire de Paris... »

Je secoue une cigarette, j'ai les jambes croisées, impeccables.

« Eh bien je raconte toute l'histoire de Paris, entièrement vraie, avec les monuments, les rues, le Louvre, la gare Saint-Lazare, Pigalle... »

Je parle et je sais qu'à la maison ils regardent tous les deux et ils se disent dans leur tête :

---

1. Sigle de Certificat d'Aptitude Professionnelle.
2. Prête. Munie du nécessaire qui permet d'affronter quelque chose.

« Vas-y, Fernand, fais-leur voir que tu as lu tous les livres, raconte-leur le tien. »

Et Sylvaine Pérangot qui pousse ses copines du coude :

« Regardez, c'est mon fiancé. »

Et toutes qui tirent la tronche par jalousie...

Bon allez, j'arrête parce que demain je prends le sept heures dix-huit et ça va être encore la cavalcade. Ça passe vite quand même parce que dans un mois c'est Noël.

Pas un mois.

Vingt-sept jours.

Ça va être bien. Pas tellement pour les cadeaux mais je retournerai au ping-pong. Mépied va m'inviter chez lui un après-midi, il l'a dit. Je verrai les morceaux de ferraille de son père et on se baladera dans les rues voir les photos des filles avec des mecs musclés qui les enserrent. C'est dégueulasse.

On a Vantrouhe en première heure. C'est la géo. J'aime bien la géo mais là c'est chiant parce que c'est les plissements hercyniens[1], les couches, tout le bordel en sous-sol.

Faut faire des coupes avec des crayons de couleur, c'est la merde.

Allez, je dors.

1. Plissements géologiques de la fin de l'ère primaire (carbonifère). En France, ces massifs sont érodés (exemples : le massif armoricain, le massif central, les Vosges).

BIEN LIRE

CHAPITRE 4

- **Quelle voiture le père de Fernand possède-t-il ?**
- **Quelle est l'origine de la mère de Fernand ?**
- **Où Fernand souhaite-t-il habiter quand il sera grand ?**
- **Quelle est son ambition professionnelle ?**

5

Je ne sais pas le nom de cette ville.

Nous sommes trois.

Je veux dire trois garçons de mon âge.

Je ne sais pas leurs noms parce qu'ils nous appellent Un, Deux et Trois.

Et on n'a pas le droit de révéler aux autres ni son nom ni son prénom.

Ils disent que nous allons les oublier, bientôt.

Moi, je suis Deux.

Trois pense que nous sommes à Sanaa[1]. Il dit qu'il a reconnu l'odeur du Yémen[2] et qu'il a entendu un type parler sur le bateau avec l'accent des nomades du Nord.

Trois est bavard, il est né quatre jours après moi mais il a beaucoup voyagé, il est né à Yummouk, le camp près de Damas[3] et après il a été partout, même au Koweït[4]. Il s'est fait casser trois doigts à Tall-Zaatar[5]. Une grenade piégée, ses sœurs ont été enterrées sous du béton par les maronites[6]. Il louche un peu.

Un c'est l'inverse de Trois, il ne parle pas. Il vient de Nahatich[7] mais il doit l'oublier également.

---

1. Ville du Yémen qui tend à devenir la capitale à la place d'Aden.
2. Pays de la péninsule Arabique dominant de 3 000 mètres la mer Rouge et l'océan Indien.
3. Capitale de la Syrie, « ville oasis ».
4. Petit émirat situé en bordure du golfe Persique, entouré par l'Irak au nord et au nord-ouest et par l'Arabie saoudite au sud et au sud-ouest.
5. Camp de réfugiés très résistant.
6. Membres d'une église catholique de rite syrien.
7. Camp de réfugiés.

Le bateau était rouillé et grinçait tout le temps. Un a été malade et ça sentait l'aigre dans la cale, je ne sais pas combien de temps le voyage a duré parce qu'on a dormi. Peut-être deux jours. On est arrivés sur une longue plage d'or et il y avait des jetées grises avec des pétroliers qui ne servaient plus, on voyait l'intérieur par des trous et je me suis demandé s'ils avaient reçu des obus ou si c'étaient des mines flottantes...

Tout de suite on est montés dans une camionnette et les vitres étaient peintes. On a eu des lampes électriques et de la viande dans des boîtes de conserve américaines pour l'armée... On a roulé très longtemps et on est descendus dans un parking. C'était très grand avec des véhicules militaires.

On était sous la terre. On a monté des escaliers en fer et on est arrivés ici et on n'est plus ressortis.

On est toujours sous la terre.

C'est très bien. On a chacun un lit avec un matelas. Je ne sais pas d'où vient l'air. Il doit y avoir un grand ventilateur quelque part et il en envoie partout.

C'est comme un grand appartement mais sans ouvertures, et il y a toujours l'électricité. C'est Si Amzane qui l'éteint le soir.

Je ne pourrais plus me rappeler exactement ce que nous avons fait depuis le premier jour. Je crois qu'il y a eu du cinéma. Ils nous repassent le film tous les deux jours à peu près.

Il a l'air de se passer toujours au même endroit. Deux qui sait tout dit qu'il a reconnu Bouy Braneh[1], mais je ne sais pas com-

1. Peut-être Bordj el Barajeneh, camp de réfugiés.

ment il peut faire parce qu'on ne voit que des tôles cassées, des parpaings[1] et les corps. C'est un film de tuerie. Les soldats sont des phalangistes avec des moustaches et l'air fatigué. La voix qui parle dit que cela fait trois jours qu'ils n'ont pas dormi parce qu'ils n'arrêtent pas de tuer. Ils ont usé toutes leurs balles et se servent de couteaux ou de yatagans[2] qu'ils ont volés aux chiites[3]. Ils tuent tout le monde et on le voit. C'est très lent. L'homme qui filme bouge trop.

Si Amzane se place à côté de l'écran et vérifie si nous regardons. Nous sommes assis tous les trois devant la toile et nous devons écarquiller les yeux pour que les images entrent bien. À un moment il y a un chrétien qui n'arrive pas à scier le cou d'un vieux et il fait une grimace comme s'il allait tout lâcher, et puis il continue et pour casser l'os il tape avec la crosse de son Heckler sur le dos du poignard, et enfin il y arrive et il balance la tête coupée sur les femmes qui sont restées dans le fond, et après c'est elles qui vont mourir et là les premières fois c'est moi qui ai eu envie de tuer Si Amzane pour ne pas voir la suite. Je crois que c'est depuis ce moment-là que Un ne parle plus. Il a arrêté de trembler mais il ne parle plus.

La voix dit :

« Ce sont vos frères, ce sont vos sœurs, ce sont vos pères, vos grands-pères, etc. »

---

1. Pierres ou parallélépipèdes de mortier occupant toute l'épaisseur d'un mur.
2. Sabres d'origine turque à lame recourbée.
3. Adepte du schisme qui, dans l'Islam, fut l'origine de la séparation d'avec les sunnites (ceux qui respectent la Sunna, c'est-à-dire, le Recueil de l'Islam qui relate les dires et les gestes du prophète Mahomet).

Il y a un des morts dans le fond qui est kurde[1]. Les autres, oui, c'est vrai, ce sont des Palestiniens et ce qu'ils font aux femmes jamais je ne le dirai et jamais je n'en toucherai une de toute ma vie.

Et puis il y a l'entraînement au tir.

C'est un jeune frère qui vient, il est en jean mais c'est un fedayin[2].

On va dans la pièce du fond et il y a des hommes noirs dessinés sur le béton. C'est le même dessin mais répété, il nous place toujours à la même distance et on tire au cœur. Il faut vider tout le chargeur, le plus vite possible. On peut mettre les deux index l'un sur l'autre pour appuyer et comme ça c'est plus facile.

Trois tire aussi vite que nous malgré sa main cassée. C'est un tout petit pistolet. Tous les jours pendant une heure, il faut le démonter, le huiler, l'essuyer, le remonter, le démonter encore et le faire de plus en plus vite, sans regarder. Je suis tellement habitué à lui qu'il vient tout seul dans ma main comme un chat très jeune.

C'est un Zastava yougoslave, le 9 mm court. Il est léger parce qu'on a enlevé les sécurités au chargeur et au chien[3] d'armement.

Je ne manque jamais mon coup ou presque jamais. Sur les douze chargeurs que l'on tire tous les jours, j'en ai même pas vu qui sort du cercle représentant le cœur.

---

1. Peuple d'Asie occidentale d'origine indo-européenne dont la majorité est aujourd'hui, sunnite. Environ 25 millions de personnes.
2. Nationaliste palestinien en lutte contre Israël.
3. Percuteur de certaines armes à feu.

Un est meilleur que moi, mais après avoir tiré il vomit. Je ne sais pas pourquoi.

C'est peut-être l'odeur de la fumée ou alors ça lui rappelle quelque chose qui s'est passé à Nahatieh. Je ne sais pas.

En tout cas, j'aime bien avoir ce revolver toujours sur moi. Il y a un crochet avec ressort ce qui fait qu'on peut l'avoir toujours dans sa ceinture mais sans étui. Trois dit qu'un de ses cousins s'est fait partir tout le chargeur dans les couilles une fois en s'asseyant par terre mais je ne le crois pas. Trois parle trop.

Nous apprenons le français.

On a une salle équipée avec des écrans, des écouteurs, c'est très bien fait.

Si Amzane ne nous parle que français. On regarde parfois un autre film. C'est un documentaire sur Paris et je sais les noms de tous les monuments : tour Eiffel, Arc de Triomphe, Moulin-Rouge, Notre-Dame, même les gares. On étudie aussi le métro. Comment on change de train pour aller d'un endroit à l'autre... Ça a l'air très beau. On voit la Seine, de très grandes maisons... Trois dit qu'il préfère Beyrouth[1], que c'était mieux parce qu'il y avait des terrasses et des restaurants où l'on voyait les gens derrière les vitres et si on pouvait garer leur voiture pendant leur repas ils donnaient des sommes incroyables. Mais c'était il y a longtemps.

J'ai demandé à Si Amzane s'il était allé à Paris. Il a dit plusieurs fois mais il a rien ajouté.

1. Capitale du nouvel État libanais.

On apprend la langue mais aussi l'histoire, la géographie de la France.

Trois a du mal à suivre. Je crois que je fais plus de progrès que les autres.

Un pourrait être le meilleur s'il parlait, mais quand il ouvre la bouche on sent que c'est un martyre[1] pour lui, il y a un voile dans sa voix, on dirait des fils de fer rouillés.

Je suis mort de fatigue chaque soir mais avant de m'endormir je me demande pourquoi je suis ici avec les deux autres.

Il y a une chose bizarre qui m'a étonné le premier jour : Un et Trois se ressemblent, et quand on a discuté la première fois je leur ai demandé s'ils n'étaient pas frères. Cela a fait rire Trois qui m'a dit que moi aussi je leur ressemblais et Un a fait un signe de tête.

Donc, on se ressemble tous.

On a la même taille ou presque et les mêmes cheveux qui bouclent et les yeux pareils.

Je ne sais pas ce qu'on va devenir.

Hier on a appris les organismes de notre peuple : le F.P.L.P. de Georges Habache, le F.D.L.P. d'Hawatrueh, le F.P.L.P.G.G. d'Ahmed Dzibril, la S.A.I.K.A., le F.L.A., le F.L.P., le F.L.P.P.

Il faut tout savoir par cœur avec tous les événements depuis 1947. Parfois tout tourne dans ma tête.

Trois dit tous les jours qu'Abdel Rahman va venir nous voir. C'est le vrai nom d'Arafat, on l'appelle aussi Abou Ammar.

---

1. Torture, extrême souffrance.

Moi, je ne sais pas. Si Amzane ne nous parle jamais de lui. Il y a des choses que je ne comprends pas.

Au camp, les hommes du Fath[1] venaient parfois le soir pour nous raconter la vie de notre chef, il est de la famille des Hussein[2] et descend du Prophète... Là jamais.

Il est huit heures. Il y a trois jours on nous a donné une montre à quartz à chacun. Une japonaise sans aiguilles. Juste des chiffres qui clignotent. Après les prières, Si Amzane nous a fait entrer dans les vestiaires de la salle de gymnastique. Personne n'y vient jamais.

Il y a des barres fixes et un tapis très sale. Sur le tapis il y avait trois paquets ficelés.

On les a défaits et c'étaient des habits : un costume gris, une chemise blanche et une cravate bleue.

Il y avait un homme qui nous les a essayés. Un Libanais. Il a fait des marques sur le tissu avec une craie blanche. Jamais je n'ai été habillé comme ça. Après on a repris nos vieux vêtements et la journée a continué normalement.

Je trouve que la vitesse des phrases à répéter est plus grande et c'est beaucoup plus long. Je sentais la sueur qui me coulait dans le dos, mais je ne me suis pas souvent trompé. Juste une fois, quand il y a eu la question sur les changements dans le métro.

---

1. Mouvement de libération de la Palestine, fondé en 1956 à Gaza. On dit aussi Fatah, mot arabe signifiant « la conquête ».
2. Nom de famille de l'actuel roi de Jordanie, né en 1935.

« Excusez-moi monsieur, pourriez-vous m'indiquer la direction à prendre pour me rendre à Réaumur-Sébastopol[1] ?...

– Je vous remercie de vos renseignements... »

J'ai le meilleur accent des trois. C'est moi qui roule le moins les *r*, enfin ce que les Français appellent le *r*. Je suis moins bon que Un pour lire. Je prononce mais je ne comprends pas toujours les mots. Je crois que Si Amzane ne considère pas cela comme important mais j'aimerais bien savoir lire cette langue.

À un moment j'ai regardé ma montre et il était sept heures. D'habitude c'est l'heure où nous mangeons. C'est très bon et j'ai toujours la salive qui me vient.

Mais deux hommes sont arrivés et j'ai reconnu celui qui a donné de l'argent à mon oncle.

L'autre était en civil avec un costume blanc et le pli au pantalon. Il nous a expliqué qu'il a été fait prisonnier et qu'il s'est évadé du camp de concentration d'El Ansar.

Il a raconté qu'il a passé trois mois dans le centre d'interrogatoire où les Israéliens se relayaient pour le torturer. Il a pu étrangler un gardien avec un ruban de métal qui sert à encercler les colis qui partent par avion.

Il a apporté un film et il nous l'a passé.

C'est le camp de Seit Zeibnah : cent mille réfugiés. On voit la neige et le vent passer sous les tentes et puis après les bulldozers qui écrasent tout et l'homme au beau costume a dit qu'il y avait des gens enterrés vivants et il m'a regardé tout d'un coup :

---

1. Station du métro parisien.

« Tu sais ce que c'est que d'être enterré ?

– Oui.

– Tu as déjà été enterré ?

– Non.

– Alors tu ne sais pas ce que c'est. »

Il m'a regardé encore et ses yeux étaient comme ceux d'un aveugle.

« Je vais te montrer ce que c'est. Viens avec moi. Les autres aussi. »

Il a marché vers une porte. J'ai regardé Un et Trois mais eux ne me regardaient pas.

Son pantalon blanc brillait, on aurait dit qu'il y avait une lampe électrique à l'intérieur, c'était splendide.

Un jour je m'achèterai un pantalon pareil.

Il a ouvert la porte. Elle était peinte en orange. Une peinture spéciale pour empêcher de rouiller.

« Dépêchez-vous, vous allez savoir ce que vos pères ont éprouvé. Vous allez savoir ce que c'est que d'être sous les décombres. »

Si Amzane et l'homme aux billets se sont approchés de nous.

« Dépêchez-vous. »

Un et Trois se sont levés et j'ai entendu Trois qui pleurait.

Jamais cette porte n'avait été ouverte. Je ne sais pas pourquoi mais je pensais qu'elle donnait sur rien. J'ai senti mes tripes qui allaient se vider dans mon pantalon et j'ai serré les muscles de mes fesses.

Si Amzane a bondi d'un coup et a attrapé Trois.

Je l'ai vu voltiger en hurlant dans la pièce.

Un s'est assis au ralenti et s'est roulé en boule, j'ai vu la pisse qui coulait sur le béton, cela faisait une rigole qui serpentait vers moi.

L'homme aux billets s'est mis à rire et j'ai vu ses dents pourries et mon mal au ventre s'est arrêté. C'était remplacé par autre chose, par une chaleur.

« Vite, a hurlé Si Amzane, vite ou je cogne. »

Trois a pris un coup sur l'oreille et je n'ai plus reconnu son visage parce qu'il était plein de trop de peur.

« Et toi, tu te lèves, sors d'ici... »

J'ai vu ses espadrilles qui se rapprochaient et c'est là que j'ai pensé au Zastava.

Le petit chat d'acier tout blotti, tout pratique... J'ai eu de la salive plein la bouche et j'ai serré la crosse, les bras tendus en plein sur la gueule pourrie du type qui m'a acheté.

Tout s'est arrêté.

Je ne m'étais même pas aperçu que je l'avais sorti.

C'était la mort après mais avant je l'aurais tiré, et Si Amzane et l'autre, des fedayins, des frères, mais je ne les aimais pas et ce serait bon de leur enfoncer des balles dans la viande. Ils ne m'enterreraient pas vivant. Jamais. Pas moi.

Le pantalon blanc a refermé la porte orange, je n'ai pas bougé le bras.

« Reculez. »

Si Amzane et l'autre ont fait trois pas en arrière et se sont assis sur l'une des nattes.

On entendait Trois qui pleurait toujours.

L'homme blanc s'est accroupi, il m'a regardé et son index s'est levé vers moi.

« Tu as gagné, Djilali. »

Si Amzane avait eu tort, je n'avais pas oublié mon prénom.

J'ai baissé le canon de l'automatique mais je l'ai gardé dans la main, l'index sur la détente.

Après ils ont ouvert la porte orange et ils m'ont montré ce qu'il y avait derrière.

C'était un placard et sur l'une des étagères il y avait un paquet.

« C'est pour toi. »

Je l'ai ouvert. C'était un jeu avec des clignotants, un écran électronique. J'ai remercié. Quand je me suis retourné, j'ai vu que Un et Trois n'étaient plus là.

Si Amzane m'a dit qu'ils avaient été enterrés vivants.

J'ai ri avec lui et j'ai su qu'à partir de ce moment j'allais être seul.

BIEN LIRE

CHAPITRE 5

- **Quel est le nouveau nom du narrateur ?**
- **Quels sont les moyens de locomotion qui le transportent à Sanaa avec ses deux camarades et dans quelle condition voyage-t-il ?**
- **Quelles sont les activités des trois enfants ?**
- **Quelle est la particularité physique de ces trois enfants ? Pourquoi, à votre avis ?**
- **Quelle est l'action de l'enfant qui l'emporte sur les deux autres au moment de se faire enterrer vivants et qui fait de lui le « vainqueur » ?**

6

J'ai bouquiné pas mal ces derniers temps. Il y a eu de la neige, une grève de bus, ça fait que je ne suis pas encore allé à Paris mais j'ai retrouvé le chemin du ping-pong.

J'ai fait des progrès à l'envers.

Forcément je n'en fais plus assez.

J'ai pris 21-13 et 21-11 en quart de finale alors qu'avant j'arrivais toujours au moins en demie.

Pas grave.

Je suis rentré plus tôt ce soir, je voulais finir mon bouquin sur les Aztèques[1] et il faisait à peine nuit quand j'ai poussé la porte du jardin. J'ai cavalé parce que j'ai entendu le téléphone sonner, j'ai couru, j'ai décroché.

« Allô ? »

Ça a fait tut tut tout de suite.

J'ai reposé l'appareil et je suis rentré dans la cuisine où ma mère coupait des tomates pour le taboulé. On en fait une fois par semaine. Le plus dur à trouver, c'est la menthe fraîche.

« Tu n'entendais pas le téléphone ? »

Elle m'a regardé et elle a hoché la tête.

« Je n'y vais plus. »

Ça, ça m'a soufflé.

« Pourquoi ?

---

1. L'Empire aztèque fut fondé au XVe siècle et dominait tout l'isthme mexicain.

– Il est cassé. »

Encore plus soufflé. Je venais de m'en servir.

« Comment ça, cassé ?

– Ça sonne et après ça ne parle pas. »

Elle me fait rigoler parfois. C'est pas le téléphone qui parle.

J'allais lui dire que c'était idiot lorsqu'il a sonné à nouveau. J'ai décroché à la cinquième sonnerie.

« Allô... »

Alors là, ça n'a pas fait pareil. Il y a eu un silence comme si quelqu'un écoutait et puis après un déclic et puis le tut tut a recommencé.

Je suis revenu à la cuisine et je me suis demandé si elle n'avait pas raison : peut-être que quelqu'un parlait mais sa voix ne parvenait pas jusqu'à l'écouteur...

Une histoire de fil dessoudé... Je ne suis pas technicien...

Le soir Papa a regardé, il a fait semblant de s'y connaître avec un tournevis et il a téléphoné à un copain à lui dans la cité où on habitait avant. Il lui a demandé de lui téléphoner et deux minutes après la sonnerie a retenti.

Ils se sont parlé en rigolant et il est revenu dans la cuisine en disant :

« Ça marche. »

Après on a regardé la télévision, les informations et un film complètement taré. Des trucs d'amour, chiants comme tout.

Je me suis couché avant la fin et j'ai bouquiné assez tard l'histoire de *Cinq-Mars*[1], c'est un drôle de nom mais c'est vachement bien. À la fin il a la tête coupée.

Je me suis endormi et j'ai vaguement entendu la sonnerie et j'ai pensé :

« Tiens, ça recommence. »

Et puis je ne sais plus rien parce que j'ai sombré.

Le lendemain il a fait beau, tout fondu, plus de grève non plus. J'ai appelé Mépied et il m'a dit :

« Viens, on ira au Louvre. »

Ça m'a pas mal soufflé parce que c'est pas son genre, après il a dit :

« Y a des statues de bonnes femmes.

– C'est de la pierre.

– Elles sont à poil quand même. »

On a discuté pour savoir si on n'irait pas plutôt voir un karaté. Y a plein de cinés qui en sont pleins entre Clichy et Barbès. On peut même en voir deux pour cinq francs mais souvent c'est interdit aux moins de treize ans. Une vraie chiotte. On a le droit de rien voir. Mépied c'est le porno qui l'intéresse, mais là rien à faire. La caissière sort en pétard tout de suite. Au fond on a juste le droit d'aller faire les cons devant les vitrines du père Noël aux Galeries Lafayette avec les morpions[2].

---

1. Surnom du marquis Henri Coiffier de Ruzé (1620-1642), favori de Louis XIII qui conspira contre le cardinal de Richelieu. Il fut jugé et décapité. Alfred de Vigny (1797-1863) écrivit un roman historique sur lui en 1826.
2. Petits enfants (expression grossière).

« On peut aller voir les flingues... »

On va tout le temps voir les flingues. Il y en a une pleine vitrine chez un armurier derrière la gare Saint-Lago[1]. Moi j'aime bien les regarder mais enfin c'est pas la passion, je vais pas prendre le train pour ça.

À la fin on a décidé que j'irais chez lui et après on verrait, peut-être les autotamponneuses mais moi je suis pas chaud parce qu'il y a toujours des grands cons qui vous rentrent dedans à deux cent cinquante à l'heure.

J'ai juste mangé un bifteck, Maman a râlé un peu que c'était pas assez et j'ai pris le treize heures huit.

J'ai bouquiné un illustré parce que c'est pas long comme voyage, mais le paysage je le connais : les pavillons meulières[2], Colombes[3], les parkings, les remblais, Pont-Cardinet[4], les aiguillages, les murs très hauts et crac on arrive.

Tout ça marche à l'électricité mais il y a rien à faire, c'est tout noir de fumée partout. Ça doit faire trente ans qu'ils ont pas lavé.

Il y a toujours du monde à Saint-Lazare, je ne sais pas comment ça se fait, il doit pas y avoir assez de trains. Je me suis arrêté sous la verrière au tabac et j'ai pris un Mars et ça repart. Bonjour la publicité. Ça m'écœure toujours à la fin mais j'aime bien au début. Je peux pas résister, j'ai la salive qui me vient dès que je vois l'étiquette.

---

1. La gare Saint-Lazare.
2. Maisons de ville construites en pierres apparentes de meulières (pierres calcaires plus ou moins caverneuses du bassin de Paris).
3. Chef-lieu du canton des Hauts-de-Seine.
4. Arrondissement de Nanterre.

J'ai commencé à bouffer et je me suis arrêté devant les magazines. Mépied adore ça parce qu'il y a des filles à poil et à moitié à poil, ils disent que c'est des bouquins de photos, mon œil, ils pourraient photographier des cafetières, ça montrerait aussi bien que c'est net. C'est même plus dur à photographier. Enfin je regarde un peu toutes les couvertures pas seulement celles avec les filles et c'est là que je vois un type dans le reflet de la vitre. Il ne faisait rien de spécial, il me regardait même pas et je ne sais pas pourquoi j'ai fait attention à lui. Tout ce que je sais c'est qu'il était dans le train. C'est marrant comme on repère des trucs.

Pourtant je lisais mon illustré. Une bédé conne d'ailleurs, faut le dire, et j'ai pas beaucoup levé le nez, mais ça fait rien, je ne sais pas comment je m'y suis pris, j'ai enregistré ce type. Peut-être par le blouson parce qu'à un moment j'en voulais un comme ça. C'est celui qu'avait Steve Mac Queen dans le film où il tire dans les phares d'une voiture, je ne sais plus le titre.

J'ai regardé longtemps dans les boutiques et sur le marché de Bezons pour trouver le même mais j'y suis jamais arrivé et j'ai pensé que le modèle ne se faisait pas pour les enfants.

Après j'ai pensé à autre chose.

De toute façon la mode était passée.

Et puis là, crac, le blouson de Steve Mac Queen, deux fois dans la même journée.

Ça lui va pas du tout au mec d'ailleurs, il fait trop gringalet. Une tronche un peu chinoise en plus. Pas chinois, mais le genre chinois.

J'ai pris le métro et je suis descendu à « Saint-Georges ». C'est direct par la « Porte de la Chapelle » et j'ai trouvé la rue facilement. J'ai grimpé les cinq étages, j'ai sonné et, alors là la crise.

Mépied, il habite un truc comme je ne savais pas que ça existait : c'est sous une verrière avec des blocs de pierre partout et plein de statues d'Afrique, des objets par terre, en désordre, et un chien tout con mais rigolo et on dirait qu'on est dehors parce que le toit est en verre. Il y a des escaliers à l'intérieur et on monte dans sa chambre où c'est le bordel total. Si ma mère voit ça, elle tombe raide.

On a joué un peu et son père est arrivé parce qu'il faisait la sieste avant. Sympa, avec une moustache comme le journaliste de treize heures à la télé.

Personnellement je serais bien resté là à jouer tranquille, à découvrir un peu tout, dans le couloir il y a un mur, c'est plus un mur, c'est que des livres, mais Mépied il voulait se tirer. Évidemment faut le comprendre, c'est chez lui, alors il connaît et il en a marre. Bien que moi, si je vivais dans un truc pareil avec tous les recoins, tout le dédale[1], je crois que je ne sortirais plus... Enfin on a fumé une Stuyvesant, peinards, écroulés sur son paddock[2] et puis on est sortis et finalement on a été à la fête.

C'est sur le boulevard, plein de baraques et ça descend jusqu'à Barbès-Rochechouart. On s'est arrêtés voir les filles qui dansaient sur une plate-forme. Quand je dis danser, j'exagère

1. Ensemble de chemins, de rues au détour compliqué.
2. Lit en argot.

un peu, elles se tortillaient avec des maillots de bain pleins de franges brillantes et elles sont sous verre, heureusement parce que sinon elles mourraient de froid.

Ça s'appelle « Love Dream » et c'est bien marqué que c'est interdit aux mineurs. Ça on s'en doutait. En gros, clignotant, c'est écrit : *Dedans elles sont nues.* Quinze balles l'entrée. Ils doivent faire leur beurre là-dedans.

On a commencé à cailler alors on a avancé pour voir les types tirer à la carabine et puis encore des dandineuses sous verre. Les mêmes mais en plus grosses et avec des pagnes[1]. Elles devaient être moins payées parce que celles-là elles remuaient vraiment pas beaucoup. Ça s'appelait « Exotics Women » mais à mon avis c'était exactement le même que l'autre.

Ça fait rien, il a fallu encore s'arrêter pour Mépied qui adore ça. J'avais vraiment froid alors j'ai sautillé un peu et je suis retombé sur un panard[2] qu'était pas à moi. J'ai dit pardon et le type ne m'a même pas répondu. Il n'avait rien senti, la preuve que je suis pas bien lourd. J'ai continué à regarder les danseuses et le type continuait à bramer dans son micro et j'ai senti le frisson qui venait et je ne sais pas comment on pouvait appeler ça. Peut-être de la peur.

En me retournant j'avais vu le blouson de Steve Mac Queen. Trois fois en moins de deux heures. Il était plus loin sur la droite, presque au bord du trottoir.

---

1. Vêtements d'étoffe ou de fibres végétales (raphia) couvrant le corps des reins jusqu'aux genoux ou aux mollets, que l'on trouve chez certains peuples d'Afrique ou d'Asie.
2. Pied en argot.

Ne pas montrer que je l'ai vu. Faire comme si de rien.

Qu'est-ce qu'il veut ? C'est peut-être le hasard mais quand même.

« Viens, on se tire.

– Attends.

– On se tire. »

Heureusement il a pas tellement de volonté, Mépied, sinon ce serait la cata.

Ne pas se retourner.

Et là ç'a été plus fort que moi, j'ai regardé, juste un coup d'œil.

Joie totale. C'était pas le même type : pas une tronche de Chinois du tout. Un vrai Sidi[1] celui-là avec le crâne comme une paille de fer.

Je ne sais pas pourquoi j'avais eu peur. Cela dit, il y a des mecs qui aiment bien les petits mecs. Méfiance.

On s'est partagé un Carambar et on a descendu bien après Pigalle, et par là, ça caillait vraiment.

« On fait une tamponneuse ? »

Ça m'enchantait pas mais enfin il y avait pas trop de monde. Juste des filles et un type dans les quarante balais, tout seul à faire des ronds dans sa chignole. Il devait en avoir une drôle de vie, celui-là. Si à son âge ça l'amusait encore de faire le con sur les scooters, bonjour les méninges.

On a pris les jetons et ça y est, on part sur la piste aux lumières.

---

1. Marque de respect en arabe ; un monsieur.

C'est Mépied qui conduisait en premier. Un peu frimeur. Il fait son Prost dans les virages. Pendant ce temps c'est Johnny Hallyday à tout va[1] dans les haut-parleurs. On a changé et j'ai pris le cerceau.

Finalement c'est assez rigolo. Je ne me lèverais pas la nuit pour en faire mais c'est assez rigolo.

Ma tête est partie en arrière sous le choc et on a rebondi.

« Qu'est-ce que t'as ? Pourquoi t'as pas braqué ? »

Le volant a tourné tout seul. J'arrivais plus à le serrer.

« Qu'est-ce que t'as ? »

Il était à deux mètres de moi, appuyé à la rambarde[2]. Il me regardait pas mais je savais que c'était pour moi qu'il était là.

C'est le Chinois. Celui de la gare Saint-Lazare.

Seulement cette fois, il n'avait plus son blouson.

C'est ça qui m'a foutu le plus les jetons : il avait un imper kaki[3], il pelait de froid dedans. Pourquoi avait-il donné son blouson à l'autre ?

« Alors, tu vas coucher là ? »

J'avais même pas entendu la sonnerie, on est sortis de la voiture et c'est bien tombé parce qu'on était de l'autre côté de la piste. J'ai dit à Mépied que j'avais froid et on a trissé[4] sur le boulevard en se faufilant entre les stands.

Je l'ai lâché rue Fontaine, le Mépied. Je lui ai dit que j'étais à la bourre et que j'allais louper le train.

---

1. Sans arrêt, abondamment, très fort.
2. Barrière, garde-fou.
3. Couleur vert jaunâtre tirant sur le brun des uniformes de l'armée.
4. On s'est sauvé, on est parti (familier).

C'est passé au vert et j'ai foncé.

Si ce mec avait des jambes il allait falloir qu'il s'en serve.

J'ai démarré comme à cap Canaveral et comme en plus la rue descend j'ai pas mis la minute à me retrouver à la gare. J'ai évité les escaliers mécaniques et j'ai pris la salle des pas perdus[1] en dérapage contrôlé.

J'ai eu un pot dingue : j'ai foncé dans le train et les portières ont claqué derrière moi au ras de mes omoplates.

Le Chinetoque il devait encore être en train de se dépatouiller du feu rouge de la place Blanche.

Ce qui me foutait les jetons, c'est que je ne comprenais pas cette histoire.

Peut-être qu'il s'était rendu compte que je l'avais vu dans le reflet de la vitrine et il a changé de fringue avec un copain. Mais qu'est-ce qu'il me voulait ?

Une histoire de dealer, à cent contre un.

Il m'a repéré : un petit beur tout seul dans un train, il ne refuserait pas vingt sacs pour aller porter un peu de neige à des guédros[2]. Avec vingt sacs on peut s'en faire des autotamponneuses.

En tout cas, motus[3] à la maison sinon ce n'est pas demain que je reverrai le soleil.

Ils m'attacheraient sur ma chaise.

---

1. Hall d'un palais de justice ou d'une gare.
2. De la poudre blanche à des drogués, en verlan.
3. Interjection qui impose le silence.

BIEN LIRE

CHAPITRE 6

- **Quelles sont les lectures du narrateur ?**
- **Combien y a-t-il d'hommes à sa poursuite ?**
- **Mépied s'est-il rendu compte que son copain était suivi ?**

7

Maintenant je sais que c'était Damas.

Le soleil baisse derrière les maisons et tout devient rouge.

Lorsque la voiture est sortie du parking, j'ai vu le hangar où j'ai vécu tous ces derniers mois : un gros bloc gris à plusieurs étages, presque sans fenêtres.

C'est le quartier des entrepôts.

La ville est plus loin, au creux des montagnes. Elle fait sale, même au soleil, que des cubes collés les uns contre les autres avec des minarets[1] en béton et des coupoles[2] entre les buildings.

On passe dans des rues défoncées et il y a des femmes en noir perchées sur les terrasses blanches. Il a dû pleuvoir parce qu'il y a de la boue et les roues soulèvent des flaques. On a passé un pont métallique avec beaucoup de monde, des camions, des soldats et des ânes.

J'ai vu les costumes des militaires. Ce sont des Syriens[3]. Leurs joues sont bleues.

Après le pont, il y a des chantiers, c'est plein de machines et ils ont creusé une sorte de lac, les hommes ont des casques jaunes posés sur les turbans[4] et ils pataugent jusqu'aux genoux en remuant des pelles.

---

1. Tours des mosquées du haut desquelles le muezzin fait l'appel à la prière.
2. Toits d'un édifice en forme de voûte.
3. Habitants de la Syrie, pays arabe du Moyen-Orient limité par le Liban et Israël au sud-ouest, la Jordanie au sud, l'Irak à l'est et la Turquie au nord.
4. Coiffures composées d'une bande de tissu enroulée plusieurs fois autour de la tête et portées par les hommes en Orient.

Après ça devient plat et puis c'est l'aéroport. J'ai vu les avions.

Je ne connais pas le chauffeur ni la fille qui est à côté de moi. Elle est très maquillée et habillée comme dans les films impérialistes. J'en ai vu dans la salle commune dans le dernier camp où j'ai vécu. Cela m'a fait souvenir d'Ahmed et de Smahane. Cela faisait des mois que je n'avais pas pensé à eux.

Aujourd'hui cela n'a plus d'importance parce qu'ils ne me reverront jamais.

Le chauffeur nous a laissés et j'ai voulu prendre la valise mais la femme a été plus rapide. C'est elle qui la porte.

Hier, ils m'ont coupé les cheveux. J'ai eu un bain et Si Amzane m'a donné la chemise bleue, le jean et les baskets blanches. Elles me serrent un peu aux talons.

Je n'ai pas l'habitude d'avoir les pieds enfermés.

J'ai un petit sac autour du cou avec le nom d'une compagnie allemande et le dessin d'un avion.

Dedans j'ai mon billet, mon carnet de vaccination, une autorisation spéciale avec le nom de mon correspondant à Paris et mon passeport avec le visa[1]. Il y a ma photo. C'est celle qu'a prise Si Amzane. J'ai un peu d'argent aussi, pour le voyage.

Je m'appelle Ali Sannegh. Né le 6 octobre 1975 à Karbala[2], résidant à Alep[3] 790 C avenue de la Révolution.

Je sais tout par cœur.

---

1. Signature et tampon apposés à un passeport, obligatoires pour franchir certaines frontières.
2. Ville d'Irak au sud-ouest de Bagdad.
3. Ville du nord de la Syrie.

Je ne suis plus Deux.

Tout d'un coup, c'est frais, dès qu'on a passé les portes. Elles coulissent seules lorsqu'on coupe le faisceau. Ils m'ont appris le système.

La femme qui m'accompagne s'appelle Zadjhah. Elle est de Tripoli[1]. C'est tout ce que je sais d'elle.

Les consignes sont simples : je parle très peu pendant le voyage et uniquement en français. Si l'on me pose la question pourquoi je vais en France, je réponds parce que mon père me l'a demandé pour perfectionner mon vocabulaire. Les gens riront et n'insisteront pas. Si Amzane a expliqué que c'est pour que mon accent ne soit pas reconnu. En arabe j'ai l'accent palestinien. En français j'ai l'accent arabe. Tout est très simple.

À Paris j'ai d'autres consignes qui m'attendent mais je ne fais rien tant que je n'ai pas vu quelqu'un « que je connais déjà ». Les autres sont des correspondants. Je coucherai chez eux et c'est tout. Ils me nourriront mais ils ne me donneront pas d'ordres.

Je suis un soldat et j'obéis.

Un fedayin sans uniforme.

Il y a du monde qui attend devant nous.

Zadjhah se penche en souriant. Elle fait semblant d'être une accompagnatrice mais elle est avec nous. Je le sais.

Elle a mis ma valise sur le tapis roulant.

1. Ville du Liban, au nord de Beyrouth.

« Enfant non accompagné. »

L'hôtesse avec le chapeau rond me regarde, tend les mains vers ma sacoche. Je lui donne les billets, le passeport.

« Viens avec moi. »

Je la suis. Zadjhah me retient.

« Embrasse-moi. »

C'est la première femme qui va me le faire. Ce n'est pas pour de vrai : je ne la connais pas. Il faut faire croire qu'elle est de ma famille. Comme une sœur aînée ou une tante.

« Bon voyage, Ali.

– Merci. »

Je sens ses lèvres sur mes joues. Elle me dit quelque chose avec ses mains en me prenant par les épaules. C'est une fedayin elle aussi. Elle est en guerre comme moi. Je le sais parce qu'on me l'a appris. Tous les combattants n'ont pas d'uniforme. Avec, nous ne pourrions pas pénétrer dans les pays ennemis mais le costume des civils est notre meilleur camouflage. Avec lui nous pouvons porter le feu partout et moi surtout car je suis un enfant.

Je suis l'hôtesse. Porte 4. Il y a des gens couchés dans la salle d'attente. Ils dorment sur des valises. D'où viennent-ils ?

« Tu restes là, on viendra te chercher. »

Il fait plus chaud ici, c'est parce qu'il y a plus de monde.

Je tâte mon sac : je sens que j'ai tout dedans et je sens même l'argent.

Il y a un marchand de soda dans le fond de la salle. Comme à la porte du camp autrefois... Je sens le goût froid du citron sur ma langue... Ça pétille... Je pourrais y aller... Non. Pas encore.

Personne de chez moi n'a pris l'avion, ni Ahmed, ni Smahane, ni Fathia, ni ma mère. L'oncle peut-être mais il n'en a jamais parlé. Personne ne sait d'où il vient.

Je n'ai pas peur.

Si Amzane et les autres ont dit que j'étais prêt à présent.

C'est le numéro du vol qui vient d'être annoncé. L'hôtesse revient. Elle a mis la main sur mon épaule et nous marchons ensemble devant tous les gens assis avec leurs bagages.

Il y a des policiers en gris et mon passeport est entre leurs mains. Ils ont des Contender dans l'étui de hanche. Je connais très bien. Bande ventilée, hausse micrométrique[1], double sécurité à la détente. Un kilo cent cinquante.

Le grand me regarde plus que l'autre. Il a une moustache retroussée très longue. Je ne sais pas comment elle peut tenir ainsi toute seule. Nous passons. Une dernière porte.

La fille glisse une carte verte dans mon sac et nous sommes dehors. Chaleur soudaine. Tout est goudronné partout. L'avion est là, à cent mètres. J'ai appris les marques et les puissances. C'est un Russe, tout blanc. Un Tupolev 315. Je peux réciter la fiche technique complète de l'appareil.

« Tu veux des illustrés ?

– Oui, s'il vous plaît. »

Les fauteuils sont très profonds. Il y a des cendriers dans les

1. Dispositif monté à l'arrière du canon d'une arme à feu et servant à guider la ligne de mire (le curseur de la hausse permet d'incliner la ligne de mire par rapport à l'axe du canon). La hausse micrométrique possède un pas de vis très fin, permettant un déplacement très précis.

accoudoirs. Cela sent une odeur riche. Je suis en mission maintenant. C'est commencé.

D'autres hôtesses passent sans arrêt dans la travée[1]. J'ai des journaux d'enfants sur les genoux. Ce sont des magazines égyptiens avec des histoires d'animaux. Mais je n'ai pas envie de lire. Les mots qu'ils m'ont dits à la fin sonnent encore : je n'ai pas à me demander si je pourrais faire ce que l'on me commandera car cela pourrait m'empêcher de l'accomplir. Je ne dois pas me soucier de ça. Je n'ai que douze ans mais ceux qui me donneront des ordres le savent et ils ne me demanderont que ce qu'il sera dans mes moyens de faire, si je n'y arrive pas je n'aurai donc aucune excuse. Tout est simple.

J'ai mal à la tête parfois.

Cela me prend sur la tempe droite et grandit, jusqu'à atteindre l'autre côté, juste au-dessus de l'oreille. Quand le cercle est fermé tout se resserre et je voudrais mourir.

Lorsque je l'ai dit à Si Amzane il a fait venir un médecin qui n'a pas dit un mot, mais la nuit d'après ils m'ont réveillé, j'ai dû m'habiller, nous sommes descendus dans le parking et là il y avait un camion équipé d'une radio et ils ont regardé à l'intérieur de ma tête.

Je n'ai rien. Ce sont des douleurs. Le médecin m'a regardé comme si mes yeux allaient lui apprendre quelque chose et il a dit à Si Amzane de me donner la moitié d'une pilule blanche si la migraine revenait mais surtout jamais plus. Surtout pas.

---

1. Rangée de sièges placés les uns derrière les autres.

Mais cela n'est pas un bon médicament, cela ne me fait rien. Ce n'était pas un bon médecin. En partant il a dit à Si Amzane :

« Pour que la douleur s'arrête il faudrait lui apprendre à avoir peur. »

Cela ne veut rien dire, personne ne peut apprendre une chose pareille.

Le mieux c'est de dormir.

« Tu veux boire ?

– Oui, s'il vous plaît. »

Il faut que je m'exerce.

La cabine de pilotage... La porte de la cabine de pilotage se trouve à six mètres soixante.

Entre six mètres cinquante et sept mètres mais plus près de six mètres cinquante. Je dis donc six mètres soixante.

L'hôtesse fait treize pas pour y arriver et elle n'y est pas tout à fait mais il reste très peu de chose. Donc six mètres soixante. Le steward[1] a une cravate avec seize rayures.

C'est la méthode de la photographie : je regarde sans ciller[2], j'isole et je rapproche mentalement de moi, comme si ma tête était un téléobjectif grossissant.

C'est un temps très court. Après je développe le cliché. Je ferme les yeux et c'est la chambre noire. La cravate apparaît, sur fond noir. Elle est toute seule et très précise car c'est la dernière

1. Serveur à bord d'un avion.
2. Ouvrir et fermer les paupières rapidement et plusieurs fois de suite.

chose que j'ai vue, je peux alors compter les lignes en me concentrant. Il y en a seize.

Je peux m'exercer avec n'importe quoi. Trois était le meilleur de nous tous à cet exercice. Il m'a battu avec la diapo des tanks. Une vue d'avion prise de très haut et sur une plaine, en bas des tanks très nombreux, minuscules comme des fourmis. Ils remplissent la photo. Elle est restée dix secondes devant nous et lorsqu'elle a disparu on a tous fermé les yeux.

Je me souviens qu'à la sonnerie Un a dit trente-sept. Moi quarante et un et Trois a dit : « Trente-neuf tanks et quatre camions. » C'était faux, il y avait quarante-deux tanks et six camions mais il avait été le seul à faire la différence. S'il avait été aussi fort pour tout, il serait à ma place en ce moment. Et moi je serais près de Smahane et la honte m'aurait dévoré pour toujours. Je ne sais pas ce qu'est devenu Trois. Ni Un. Un avait mal à la tête aussi. Comme moi. Mais lui c'est peut-être parce qu'il ne parlait pas.

C'est de l'orangeade froide. C'est très bon. Il ne faut pas trop boire d'un coup.

Dans cet avion, l'air vient de petits tuyaux placés au-dessus. Cela peut se régler. Il y a aussi une lampe orientable. Il y a de la buée contre le hublot. Je ne vois rien. Tout est troublé. Juste un bout de piste grise. Ça me prend un peu sur le côté droit. Cela va passer quand nous volerons.

Je vais dormir. Cela aussi, on me l'a appris. Je sais m'endormir sans sommeil et me réveiller exactement à la minute. Pour cela j'étais le plus fort. Plus qu'Un et Trois. Je suis un enfant seulement en apparence car les autres garçons ne peuvent pas faire cela. Et bien d'autres choses encore, comme arrêter net les tremblements en appuyant avec les pouces sur les centres qui commandent et rester vide des heures sans penser à rien.

Voilà, nous venons de décoller. La buée a disparu et le terrain a défilé très vite. Maintenant tout est jaune en dessous avec les routes comme des fils de laine sur le sable. Plus haut, ce sont les nuages. Ou des montagnes. Tout se mélange.

La place à côté de moi est vide. Les autres voyageurs sont derrière. Il y a huit heures de vol. Je ne m'ennuierai pas.

Je n'ai ni peur ni curiosité. Ils ont tout prévu. Il y a d'autres chefs là-bas qui m'attendent. Peut-être ils vont me demander de mettre des bombes comme à Beyrouth et à Hébron[1]... Parfois on saute avec quand il n'y a pas assez de précision dans le mouvement qui déclenche le détonateur. C'est peut-être cela ou autre chose mais je ne cherche pas à savoir. Le mieux est que je dorme. Deux heures. Après je verrai.

J'aimerais voler au-dessus de la mer. Voir des bateaux minuscules. Je ne sais pas si la trace du sillage se conserve longtemps. Peut-être il continue jusqu'à l'autre bout, jusqu'à ce qu'il rencontre une terre et alors il meurt.

1. Ville de Palestine, en Cisjordanie, au sud de Jérusalem.

BIEN LIRE

CHAPITRE 7

- **Dans quelle ville le narrateur de ce chapitre est-il détenu ?**
- **Quelle pensée lui vient-il au sujet de sa sœur et de son frère ?**
- **Quel est le nom qui lui a été donné pour sa mission ?**
- **De quel pays est la jeune femme qui l'accompagne ?**

8

C'est marrant le ping-pong parce qu'en fin de compte c'est quand tu penses pas à ce que tu fais que tu le fais le mieux.

C'est la raquette qui décide. Un vrai champion a toujours la tête ailleurs.

Et moi comme un con, j'ai voulu réfléchir. Résultat : 17-21 et 11-21.

Et en plus devant un mec de la cité du Colonel-Fabien qui sont les plus nullards c'est bien connu.

Quand j'ai vu comment il tenait sa quettera[1] le copain, j'étais mort de rire. Un quart d'heure après c'était lui.

Les mecs de l'équipe ne m'ont pas fait un triomphe mais bon, tout le monde peut avoir une faiblesse.

Et puis en sortant du local il neigeait à mort mais ça ne tenait pas, les flocons fondaient à mesure. Je regrette toujours que ça ne tienne pas. Je trouve que ça fait gaspillage. Ça pourrait être joli et c'est que mouillé.

J'ai quand même raccompagné Karim chez lui.

Il voulait faire un baby au Balto mais il y avait déjà plein de grands autour. On s'est tirés. On a un peu parlé de mobs... Lui c'est la Suzuki qui le travaille. Suzuki par-ci, Suzuki par-là...

Je ne suis pas très fort là-dessus mais j'ai fait celui qui s'intéressait sinon il m'aurait pris pour un bêcheur[2].

---

1. Raquette, en verlan.
2. Fier, prétentieux et snob, en argot.

Je suis rentré par le jardin, et même sur la terre la neige n'accrochait pas, j'ai regardé un peu : dès que le flocon touche terre, hop, évanoui.

J'ai commencé à frotter mes semelles sur le paillasson mais j'ai pensé qu'il valait mieux carrément enlever les godasses parce que si je laisse des traces sur le lino, ça va être ma fête, plus mon anniversaire, plus la fin du ramadan.

J'ai poussé la porte, une pompe[1] dans chaque main, j'ai dit :

« M'man je me suis encore fait avoir au ping-pong... »

Je suis entré dans la cuisine et j'ai vu les deux types debout, appuyés contre l'évier en inox.

Maman était assise, elle m'a fait un sourire mais sa peau était laquée, toute peinte par la sueur.

J'ai regardé les deux types et j'ai pensé à toute vitesse que c'étaient pas des cambrioleurs parce que rien n'avait bougé. Et puis il y a eu un bruit derrière moi et je me suis retourné.

C'était le blouson de Steve Mac Queen et le Chinois était dedans.

« Bonjour Fernand. »

Ils avaient l'air tellement gais tous les trois que j'ai cru soudain qu'ils apportaient une bonne nouvelle : qu'on avait gagné à un concours, ou alors des amis de Papa... Et puis ça a reflué dans mon estomac parce qu'il y avait une crosse qui sortait du pantalon de celui qui avait des moustaches de phoque et les yeux de Maman ont tourné d'un coup et elle a lâché toute la

1. Chaussure, en argot.

sueur de son visage. J'ai pivoté avec ma raquette et j'ai frappé en revers. J'ai eu le temps de voir le sang remplir l'œil du Chinois parce que je lui avais pété l'arcade et j'ai entendu un hurlement mais ça s'est arrêté aussitôt et je ne saurai jamais si c'était moi qui avais crié parce qu'après les murs ont flotté et tout a disparu et je grimpais à toute allure comme un ascenseur fou, un ascenseur plus haut que les étages et puis j'ai dormi. Instantanément et je me suis demandé comment le sommeil pouvait être venu si vite alors que j'avais si mal au cœur.

Je me réveille maintenant et je ne sais pas si tout cela est arrivé il y a des mois ou moins d'une heure.

J'ai mal au cou, sur le côté. C'est complètement endolori à l'endroit où la moustache de phoque m'a frappé.

Je ne vois rien mais j'écarte à peine les cils parce qu'il y a quelqu'un près de moi, je préfère qu'il croie que je dors encore.

C'est une pièce avec des tapis. Le même style que celui de notre salon. Palmiers chameaux et fantasias[1]. Je suis sur un lit.

Je ne comprends pas pourquoi ils sont venus.

Ce sont eux qui m'ont suivi.

Pourquoi moi ? Qu'est-ce que j'ai fait ?

Je ne vois pas l'intérêt. C'est parce que...

L'Élysée.

Ça m'est venu d'un coup.

---

1. Cérémonies au cours desquelles des cavaliers arabes lancés au galop déchargent leurs armes en poussant de grands cris et en exécutant divers tours.

Un kidnapping.

Mes parents n'ont pas d'argent mais Papa travaille à l'Élysée. Ils vont demander de demander du fric ou ils me tueront.

Je n'ai pas de liens. Ni aux bras ni aux jambes.

Je crois qu'il y a des bouquins dans le fond, contre le mur, ça fait comme une bibliothèque.

Oui, c'est ça. Ils m'ont choisi moi, parce que je suis un beur. Le président peut encore moins refuser de filer du fric pour me ravoir. Ça ferait raciste.

C'est pas vrai, ces choses-là n'existent pas.

Je vais me vider.

La chiasse folle. Il faut que j'y aille, très vite.

Quand j'ai bondi du lit, je me suis aperçu que j'avais un pyjama que je ne connaissais pas. Avec des rayures. Exactement ma taille.

Mes yeux étaient habitués et j'ai couru vers la première porte. C'était la bonne. J'ai foncé sur la tinette[1] et c'est parti comme un torrent. Tout est devenu cotonneux et j'ai pensé que peut-être j'allais mourir là, assis, cerné par un mur de carrelage blanc... J'ai pensé à un hôpital, à ce que faisait Papa en cet instant.

Il faut que j'arrête de penser que ce genre de choses n'arrive qu'au ciné. Je suis dedans, merde.

La peur m'a tordu chaque millimètre de ventre et c'est parti pour une deuxième rafale.

---

1. Récipient qui servait au transport des matières fécales. Par extension, les toilettes (familier).

Peut-être ils m'ont empoisonné. Ils m'ont fait une piqûre ou quelque chose comme ça pendant que je dormais.

Il y a la télé. Je vois le cadran briller un peu par la porte entrouverte.

Il faut que je reste plié sinon la scie me coupe en deux.

La porte s'est ouverte. La deuxième. Celle qui devait donner sur l'extérieur et elle est entrée. Je sais que c'est une femme bien avant de la voir parce qu'il y a l'odeur du parfum qu'elles se mettent toutes sur les cheveux.

Aux *Brigadières*, à Bezons, quand Maman faisait le thé pour les autres, ça sentait partout. C'est comme une huile sucrée avec quelque chose qui change quand on a fini de le respirer, ça devient amer et fort. Un peu la cannelle.

Je n'ai pas eu la force de fermer la porte des chiottes et elle s'est arrêtée sur le seuil.

Elle est très grosse. Avec un sourire et le tatouage qui lui coupe le front en deux avec des pointillés. Elle a le khôl et le henné. Tout le fourbi[1] des femmes de djebel[2].

J'en ai vu comme elle dans les hauts villages de l'Ouarsenis[3] quand on a fait le voyage pendant les vacances en 83.

« Tu es malade ? »

Je n'ai pas répondu parce que j'étais fasciné par les dents. Toutes en métal qui brillait. La mâchoire complète en inoxydable mais le sourire était comme Maman et j'ai commencé à pleurer et j'ai cru

1. Ensemble des effets personnels de quelqu'un. Terme militaire à l'origine.
2. Mot arabe signifiant « mont », « montagne ».
3. Massif d'Algérie. Chaînon de l'Atlas au sud de Cheliff.

que je n'en finirais jamais et j'ai eu la trouille tellement les hoquets me secouaient. Cela faisait des bonds dans la poitrine comme une bête vivante à l'intérieur de la peau et qui voulait s'échapper.

Elle m'a porté sur le lit et elle chantonnait, ça faisait comme une douceur de bruit et d'odeur et je ne comprenais pas pourquoi elle avait tant de gentillesse pour moi.

Ça m'enveloppait dans un coton parfait et rien ne pouvait plus m'arriver.

« Calme-toi, petit Fernand... Il ne faut pas pleurer. »

Elle savait mon nom et je ne sais pas pourquoi c'est ce qui m'a calmé. Elle s'est levée lourdement et elle est allée au fond de la pièce et brusquement j'ai pris comme un coup de projecteur terrible dans les yeux parce que le jour est entré. J'ai entendu les rideaux glisser sur les tringles et elle a dit :

« Regarde, il a neigé. »

Du fond de mon lit je ne voyais pas grand-chose. Surtout le ciel, blanc. Comme du papier avec des traces de sale comme si on avait emballé quelque chose de pourri avec.

Et puis les sommets des tours grises semblaient sortir du bas de la fenêtre et j'ai compris qu'on était très haut. Peu à peu je me suis habitué à la lumière. La femme avait des bracelets de cuivre et ses pieds nus glissaient sur la moquette.

« Je m'appelle Khadidja. C'est moi qui m'occupe de toi. Tu vas être très bien ici. Allez il faut manger maintenant. »

Il y avait un plateau par terre, près de la porte. Elle est allée le chercher et l'a posé sur le lit et c'est là que j'ai vu le pot d'olives vertes près du bol et des tartines.

« Comment vous savez ça ? »

Les dents de métal se sont écartées. Elle avait un sourire extraordinaire.

« C'est ta maman qui nous l'a dit... »

Cela fait des années que j'ai mes olives au petit déjeuner. Depuis tout petit. J'ai toujours aimé ça. J'en mangerais tout le temps et surtout le matin. Ça fait rire Papa. C'est ma drogue. Je me shoote aux olives.

« Vous la connaissez ?

– Très bien, regarde sous ta tasse. »

Il y avait un mot plié. Même le papier je le connaissais. C'était celui que l'on emploie pour les lettres, il est dans le tiroir de droite du buffet de la salle à manger. Quand on le regarde devant une lampe on voit une tête de Grec en transparence. C'était l'écriture de mon père :

Fernand,

Ne t'en fais pas. Écoute Khadidja. Elle s'occupera de toi pendant quelques jours. Tu rentreras après. Il le faut. Je t'expliquerai après. Nous, on va bien. C'est pour la sécurité. On te donne des baisers notre fils.

C'est lui qui a écrit. J'en suis sûr.

« *C'est pour la sécurité.* »

Voilà, c'est ça. Une histoire avec l'Élysée. Une combine d'espionnage ou quelque chose de compliqué comme ça, alors ils écartent la famille des gens du personnel le temps de vérifier...

Je regarde Khadidja. Elle s'est assise en tailleur. L'intérieur de ses paumes est rouge.

« Pourquoi je suis là ? »

Elle hoche la tête.

« On ne peut pas dire encore. Il faut attendre. Bois. Tout va être froid. »

Je n'ai plus mal. Juste quelque chose qui rôde dans mes intestins, comme une onde qui disparaît.

Je me suis assis contre les oreillers. Je voyais mieux par la baie.

C'est la banlieue. Ça j'en suis sûr parce que je connais, mais je ne sais pas encore si c'est la mienne. Ça file très loin... Il y a des chantiers au fond. Je ne vois pas Paris parce qu'il y a tout un côté caché par des blocs. Peut-être la Défense[1]. Non, je reconnaîtrais.

C'est le goût habituel des olives qui m'a réconforté. C'était la seule chose qui soit restée pareille. Je veux dire la seule chose connue entre le monde d'avant et celui de ce matin. Du coup j'ai pensé à mes cours.

« Et le lycée ? »

Khadidja a ri. Sa poitrine a fait des plis.

« C'est toujours les vacances. Tu iras, rassure-toi. Tu aimes tant l'école que ça ?

– Pas trop, mais... »

---

1. Quartier de l'agglomération parisienne sur les communes de Puteaux, Courbevoie et Nanterre. Il doit son nom au monument, aujourd'hui disparu, élevé sur un rond-point en souvenir des défenseurs de Paris (1871).

Elle a ri très fort. Elle a des yeux immenses cernés de noir. C'est une vieille femme mais très gaie. Comme une grand-mère infirmière.

Il y a plein de livres dans le fond. Des illustrés, des bouquins. Elle a vu que je regardais.

« Tu peux tout lire si tu veux. Tu as la télé mais à cette heure il n'y a pas grand-chose. »

J'ai remué le plateau et deux pilules ont roulé.

« Prends-les, c'est contre le mal au ventre. »

J'ai pensé à du poison et elle a vu que j'hésitais.

« Tu as encore mal ?

– Non.

– Alors, c'est pas la peine. »

Elle a ramassé le plateau. Debout c'était une montagne. Je ne sais pas pourquoi j'ai pensé qu'elle n'avait jamais dû avoir de mari.

« Lis un peu. Je vais te laisser seul un moment. Si tu as besoin tu frappes à la porte. »

Elle est sortie et j'ai respiré un grand coup. Mes nerfs faisaient encore des saccades et c'était une chance que je puisse relire la lettre.

BIEN LIRE

CHAPITRE 8

- **Pourquoi le narrateur fait-il semblant de s'intéresser aux « mobs » ?**
- **À quel endroit l'homme l'a-t-il frappé ?**
- **Quelles sont les suppositions que l'enfant fait sur son enlèvement ?**
- **À quelle date l'enfant a-t-il fait un voyage en Algérie ?**
- **Quels sont les moyens mis en œuvre pour que l'enfant se sente en sécurité ?**

9

Ils sont deux en haut de la tour.

Le Chinois et le gosse arabe.

Mais il y en a d'autres qui viennent. Cela fait une demi-journée que je suis là et trois sont passés[1].

Un seul était musulman. Les deux autres étaient très bien habillés, avec des costumes comme les ministres à la télévision. La dame qui est venue me chercher à l'aéroport m'a conduit jusqu'à l'ascenseur mais elle n'est pas montée avec moi. C'est la grosse qui m'attendait sur le palier.

Elle s'appelle Khadidja. Elle est égyptienne, du Sud, presque à la frontière du Soudan[2].

J'ai mangé et dormi. Il y a la télé dans la chambre mais je ne l'ai pas allumée. J'ai fait les prières aussi, évidemment, et la gymnastique après.

C'est facile parce que tout est enchaîné. C'est ce que j'ai appris avec Un et Trois : le dernier geste de la prière est le premier de la gymnastique. Il y a cinquante mouvements à faire, pas un de plus ni de moins et il faut les faire sans penser. Les compter, c'est tout.

J'avais juste fini quand Khadidja est entrée avec un des hommes habillés comme un ministre. Il m'a serré la main et je me suis présenté comme on doit le faire :

---

1. Comprendre : trois hommes sont passés.
2. Grand État d'Afrique situé au sud de l'Égypte, qui part du tropique du cancer et descend quasiment jusqu'à l'Équateur.

« Ali Sannegh.

– Je suis Hank Schoudorff. Tu vas changer de chambre. »

Il avait une drôle de tête, un peu comme un bébé, ça faisait tout mou autour des lèvres.

« Tu vas rester trois jours avec un garçon. Il a ton âge. »

Je n'ai pas aimé ça. Je croyais que les tests étaient finis, que j'avais été choisi pour la mission, mais j'ai vu que ce n'était pas cela.

« Tu n'auras rien à faire. Qu'à l'écouter. Il est plus bavard que toi, il n'a pas appris le silence. Vous jouerez ensemble. Tu es le petit-fils de Khadidja et tes parents t'ont envoyé en France parce que c'était trop dur de continuer à vivre au camp.

– Et s'il me demande...

– Tu peux lui parler de ta famille, de tes frères et sœurs, des camps, de ta vie là-bas... De tout sauf de l'entraînement. Tu as compris ? »

C'était facile, je n'aimais pas cela mais c'était facile.

Pendant qu'on parlait, un homme est entré que je n'ai pas vu, je l'ai aperçu qui portait sur sa tête le matelas sur lequel j'avais dormi et qui l'emportait dans le couloir.

« Tu l'examineras bien, a continué le ministre, tu fais attention à tout ce qu'il va faire et dire, s'il fait des mouvements en parlant avec les mains, s'il rit souvent, si certains de ses gestes reviennent, s'il se gratte la tête, s'il parle vite ou lentement... »

Il n'avait pas besoin de me dire tout cela. Si Amzane nous avait passé des cassettes avec des hommes ou des femmes qui parlaient et il fallait se souvenir de tout...

Souvent, les femmes faisaient tourner leur bague en parlant…

Les gens plus vieux se tiraient un peu la peau sous le cou entre le pouce et l'index et donnaient de petites saccades. Le pire c'est quand ils fumaient. Il n'y a pas un seul homme qui fume de la même façon qu'un autre. Même déguisé on arrive à reconnaître quelqu'un à la manière dont il craque l'allumette. Il y avait plein d'exercices comme ça dans la deuxième partie de la cassette, les visages étaient cachés derrière un rideau.

« Tu as trois jours pour te rappeler de tout. Ça, c'est la première partie de ton travail. »

Je ne l'aimais pas. C'était certain. Il y avait déjà eu des gens près de moi que je n'avais pas aimés. Le type que j'avais failli tuer avec l'automatique, mais là c'était une folie qui m'était venue, il y en avait eu d'autres, comme mon oncle avec ses yeux morts, et même parmi les fedayins, lorsque certains revenaient des combats tout gonflés de prétention, lorsqu'ils frappaient dans les portes avec la crosse de leur kalach' ou tiraient des rafales sans raison…

Nous courions après eux bien sûr, Ahmed avait trois, quatre ans à cette époque, il levait les bras pour se faire porter par l'un d'eux mais je n'aimais pas le mépris de certains…

Je n'aimais pas les voir boire de la bière en laissant couler la mousse sur les vareuses[1] et les gestes qu'ils faisaient quand passaient les filles… Je n'aime pas le ministre non plus. Et puis ce n'est pas un musulman, que peut-il comprendre à notre lutte ?

« La deuxième partie c'est qu'il faut le surveiller. Tu parles

1. Vestes de certains uniformes de l'armée.

avec lui, tu joues avec lui mais tu fais attention, il peut avoir envie de s'échapper.

– Pourquoi ? »

Il n'arrivait pas à sourire, même quand il le voulait. Il avait le bas du visage trop lourd, un poids à soulever.

« Il te racontera tout.

– C'est un combattant comme moi ?

– Non. Il ne sait rien de nous. Fais-le parler, regarde-le et surveille-le. C'est tout. Maintenant il n'y aura plus que Khadidja et vous deux dans l'appartement.

– Où est-il ?

– À côté, de l'autre côté du couloir. »

Ils avaient loué l'étage. C'était pratique. Juste un couloir à traverser.

À ce moment-là le type qui ressemblait à un Chinois et un autre sont arrivés en portant une très grande table verte. Ils l'ont soulevée verticalement pour la faire passer par la porte. J'en avais déjà vu dans les campements militaires à Borj Hammoud et à Rachidyeh. On joue dessus avec une toute petite balle et des raquettes.

Le ministre a allumé une cigarette. Même avant qu'il craque l'allumette je savais qu'il était gaucher. Il avait l'index et le majeur de la main gauche comme peints de jaune séché, une couleur de safran.

« Allez, vas-y. Dans trois jours je te dirai ce que tu as à faire. Tu n'obéis qu'à moi et à Khadidja. »

Il est sorti en agitant ses deux doigts sales dans ma direction. Il avait des chaussures de ville très cirées.

Je suis sorti presque derrière lui et j'ai attendu qu'il entre dans l'ascenseur pour traverser et pousser la porte d'en face.

Il y avait un couloir assez long avec des murs peints en neuf et de la moquette sur le sol. C'était un appartement exactement semblable à l'autre. Il y avait deux portes sur la gauche, je savais que la première était celle des W.C. et l'autre de la cuisine.

J'ai poussé la dernière, dans le fond, et je suis resté sur le seuil.

Et c'est la première fois que je l'ai vu.

Il était assis sur son lit et il lisait avec les coudes sur les genoux.

Il a eu l'air stupéfait de me voir mais il a dit « Salut » tout de suite. J'ai dit « Salut » aussi. Sur le livre et même dans les exercices il est écrit de dire « Bonjour » mais cela n'avait pas d'importance.

« Je m'appelle Sannegh. Ali Sannegh. Je suis le petit-fils de Khadidja. »

Il a hoché la tête. C'était un Arabe. Ça se voyait.

« T'habites ici ?

– Non. Il n'y a pas longtemps que je suis arrivé. »

J'ai dit cela pour expliquer l'accent. Il est encore très fort. Si j'avais vécu longtemps ici, je l'aurais perdu.

« Tu es d'où ?

– Liban. »

Il a sifflé.

« Ça chie au Liban[1].

– Je ne sais pas ce que ça veut dire.

– Ça bagarre beaucoup au Liban. C'est la guerre. T'étais à Beyrouth ?

– Non. Dans un camp au sud... »

On m'avait dit que les enfants des pays impérialistes ne s'occupaient pas de nous, qu'ils s'en moquaient, que nous n'existions pas.

« Tu sais ce que je fais là ? »

J'ai dit non avec la tête.

« Moi non plus. »

Il a eu une sorte de rire et je ne sais pas pourquoi je l'ai imité. Ce n'était pas ce qu'il avait dit qui était drôle mais c'était la façon rapide qu'il avait eue de dire ça. Il y avait longtemps que je n'avais pas ri... Peut-être depuis le soir où l'oncle avait pris l'argent... Non, peut-être un peu avec Trois mais pas vraiment.

« C'est mes parents. On les a forcés à me loger ici. Mon père l'a écrit, c'est pour la sécurité parce que mon père connaît le président.

– Le président de quoi ?

– De la France. »

Réfléchir après, il n'a pas l'air de mentir.

1. État du Moyen-Orient créé en 1920.

« Ils ont installé une table à côté pour jouer avec les raquettes.

– Un ping-pong ? »

Je ne savais pas le nom.

« Tu sais jouer ?

– Non.

– Je vais t'apprendre. »

Il parle très vite et il bouge tout le temps. Même assis sur son lit, il n'arrête pas de bouger.

« Elle est sympa, ta grand-mère.

– Oui, je ne la connais pas bien.

– Tu vas rester en France ?

– Oui. »

J'ai dit oui parce qu'il trouverait bizarre que je retourne là-bas.

« Oui, tant qu'il n'y aura pas la paix. »

Il a fait une grimace et a regardé dehors.

« Tu crois qu'on pourra sortir ?

– Ma grand-mère n'a rien dit.

– Tu connais pas Paris ?

– Non.

– C'est con, on aurait pu se balader. »

Il remue le genou droit presque tout le temps comme si l'un de ses nerfs sautait.

« Surtout quand on connaît pas, ça doit être terrible, des cinés partout, les voitures, les lumières... »

Il a réfléchi quelques secondes.

« Mais si moi je peux pas sortir pour la sécurité, toi tu peux.

– Oui, je... »

Il allait trop vite. Je savais où il voulait en venir mais il allait trop vite.

« Alors j'écris une lettre à mon vieux et tu la postes...

– C'est pas la peine, Fernand. »

On s'est retournés ensemble et on a vu Khadidja appuyée contre la porte.

« Tu peux écrire ici, tant que tu veux. Je te donnerai les timbres, mais à mon avis ce n'est pas la peine : tu seras sans doute chez toi avant que la lettre soit arrivée. »

Le genou s'est arrêté. Khadidja souriait.

« Et à Paris, on peut pas aller à Paris, Ali et moi ? »

Khadidja a levé un doigt. Elle sentait comme les femmes dans les camps, l'huile sucrée que les marchands vendent dans des bouteilles rondes.

« Pas d'imprudence. Rappelle-toi ce qu'a écrit ton père. C'est une question de quelques jours.

– Combien ?

– Peut-être trois. Pas plus.

– Qui m'a enlevé ?

– Renseignements généraux[1].

– Pourquoi ? »

Il me stupéfiait : chaque fois qu'il parlait, il posait une ques-

1. Service de police chargé notamment de la surveillance de certaines personnes potentiellement nuisibles à la sécurité de l'État.

tion. Ce qu'avait dit l'homme de tout à l'heure était vrai : il ne savait pas se taire.

On ne devait pas lui avoir appris que les pensées viennent mieux à l'intérieur de la tête. Il avait besoin des autres pour avoir les réponses. C'était une erreur car ainsi il n'évitait pas le mensonge. Il était désarmé. Ahmed à cinq ans devait savoir plus de choses que lui...

Khadidja a répondu que tout était secret, qu'elle ne savait rien mais qu'il n'était pas difficile de comprendre que des bruits avaient couru concernant l'enlèvement éventuel de membres de la famille du personnel de la présidence.

Dès qu'elle a eu refermé la porte, il a sauté en l'air comme s'il avait reçu une grenade défensive au ras des talons.

« Ils voulaient m'enlever, les enfoirés ! Je vais te montrer le ping-pong. »

Il n'avait pas non plus appris à étaler les choses...

Parfois il tremblait et la peur était en lui, parfois il oubliait et voulait voir les lumières ou jouer avec les raquettes. Peut-être est-ce à ce moment que j'ai su qu'un jour de toute façon on gagnerait, parce que leurs têtes n'étaient pas faites pour le combat.

BIEN LIRE

CHAPITRE 9

- **Combien de personnes étaient musulmanes parmi les gens qui ont kidnappé Fernand ?**
- **De quelle origine est la grosse dame qui s'occupe des deux garçons ?**
- **De quel travail est chargé « Ali Sannegh » ?**
- **De combien de temps dispose-t-il pour exécuter ce travail ?**
- **De quel pays le narrateur est-il ?**

10

Il s'applique tellement que, s'il continuait à s'entraîner, je pourrais le faire rentrer dans l'équipe, à Bezons. 21 à 6 quand même. J'ai pas de mérite. Mais je crois qu'il s'en fout. Évidemment il a pas dû voir grand-chose dans son pays et il n'a pratiquement rien lu ce qui fait qu'au début on n'a rien eu à se dire. Un peu comme si c'était un Martien. Et puis ses yeux sont si calmes que parfois je crois qu'il dort les yeux ouverts. En tout cas, maintenant ça va, on s'est même marrés hier soir avant de dormir. Je me serais plus marré avec Mépied mais on choisit pas. J'avais un peu le cafard et ce qui m'a remonté le moral c'est que j'ai senti que lui aussi quand on a parlé de sa sœur. Après on a joué aux cartes et on a rigolé. C'est vrai que les gens qui ne rient pas souvent rient mieux quand ils rient que ceux qui rient tout le temps. Lui il rit pas souvent donc quand il rit, ça le transforme complètement. Comme il cause encore pas très bien le français, je lui ai appris *con, merde, bordel, fait chier* et deux ou trois autres trucs sympas. *Enculé* aussi. C'était pas raffiné mais on s'est gondolés. Après il m'a appris la même chose en arabe et on était morts de rire. On a fini tous les biscuits et il était plus d'une heure du matin.

Je lui ai demandé s'il avait été dans le désert parce que moi c'est mon rêve idéal de faire un voyage là-bas, avec les grandes dunes d'or quand le soleil se couche mais d'après ce qu'il m'a raconté ça n'a pas l'air d'être ça... c'est plutôt de la caillasse brûlante à perte de vue et des rochers déchiquetés et on boit de l'eau chaude dans des bidons... c'est vrai que les choses sont moins marrantes souvent quand on les connaît.

J'ai bien dormi et quand je me suis réveillé il était déjà en train de bouquiner les *Lucky Luke.* Il n'en avait jamais lu ! Incroyable. Enfin non, quand on y réfléchit bien c'est pas si étonnant que ça...

Et puis Khadidja est entrée et j'ai entendu le téléphone, elle a décroché : il est dans la pièce à côté et m'a appelé : c'était papa.

« Fernand, ça va ?

– Oui, ça va. »

À sa voix, j'ai compris que tout allait finir et qu'il était content. Il avait même le ton plus joyeux que d'habitude. Il a demandé si je mangeais bien, si je jouais, enfin, des bêtises.

Et moi j'ai dit :

« Quand est-ce que je peux rentrer à la maison ?

– Peut-être après-demain.

– C'est pas sûr ?

– Presque sûr.

– Je peux pas sortir ?

– Non, c'est pour la sécurité.

– Qu'est-ce qui se passe ?

– Secret de la France. »

Ça m'a fait rigoler parce que c'est un truc qu'il dit souvent pour n'importe quoi comme « Il maîtrise la technique », alors on le dit aussi, même maman. « Qu'est-ce qu'on mange ce soir ?

– Secret de la France. » « T'as joué le favori à ton tiercé ? – Secret de la France. »

« Et maman ?

– Elle va bien, elle fait le pull-over pour toi. »

Trois ans qu'elle me fait le pull-over. Elle a appris à tricoter au club des femmes à Argenteuil, ils lui ont montré pour la laine, les aiguilles, les mailles, mais pas la vitesse.

Il y avait une chose qui me trottait dans la tête, alors je l'ai dite :

« Je l'ai blessé fort le flic avec la raquette ?

– Non... c'était secret, ils pouvaient pas dire... maintenant j'arrête le téléphone parce que c'est le travail, je vais partir... »

Il n'a jamais su téléphoner... il est pas à l'aise, il croit toujours que ça va exploser, il termine toujours vite. J'ai dit :

« À bientôt... tout va bien pour moi, je joue avec un copain et... »

Il a raccroché et j'ai pas pu finir ma phrase. Il est comme ça, la trouille que ça lui éclate dans l'oreille.

Ça m'a remonté le moral quand même et Khadidja m'a gratté la tête en apportant le petit déjeuner dans la chambre.

Ali attaquait déjà les tartines. Comme il avait une sorte de maillot à manches courtes, j'ai vu ses biceps qui descendaient et montaient.

« T'es balèze, dis donc. »

Il comprenait pas alors je lui ai montré mes biscoteaux à moi et ça l'a fait marrer. C'est comme si j'avais deux ficelles.

« Allez on fait la bagarre. »

J'ai attaqué le premier, bille en tête et je lui ai fait une prise. C'est un truc que je peux pas faire à la maison parce que j'ai pas de frangin mais j'ai toujours eu envie de me bagarrer sur un plumard parce qu'on s'enfonce, on rebondit, c'est rigolo.

Comme il avait la bouche pleine et avec la surprise j'ai gagné au début, et puis je sais pas comment il a fait mais crac, la clef au bras et on s'est foutus par terre avec les draps, le traversin et tout le bataclan[1] et on a commencé à étouffer là-dessous et j'ai commencé à déconner en hurlant et à faire ma spécialité : l'attaque aérienne en piqué.

Ça date de la communale cours moyen première année mais à chaque fois j'améliore un peu, j'arrive à faire tout en même temps : le bruit des moteurs, les explosions, les mitrailleuses, les mecs qui courent affolés en parlant japonais et les radios des pilotes : Three, two, one, ziro. Fire ! O.K. Joe, good, perfect en plein in the middle God bless America... Tchac, tac a tac a tac, Damned ! bloody bastard[2], I am blessé, take the manettes, Jack, and write to my old mother who is attending for me in our little farm in Arkansas. »

Ça plus les chatouilles je suis arrivé à lui faire lâcher prise et il riait tellement que je pense que c'est à partir de ce moment-là qu'on est devenus vraiment copains.

Khadidja est venue, elle a râlé quand elle a vu le cirque mais

---

1. Et tout le reste (familier). À l'origine, le bataclan est un attirail hétéroclite, dépareillé et encombrant.
2. Putain de salaud (en anglais).

pas tellement, elle est sympa comme bonne femme. Quand elle a été sortie, Ali est entré sous la douche. Il est vraiment propre comme mec, ça y a pas à dire. Plus que moi. Personnellement j'aurais tendance à me laver à partir du moment où je suis vraiment sale. Avant, je vois pas tellement l'intérêt et pas plus l'avantage et du coup j'ai mis la télé et crac, je tombe sur qui ? Je tombe sur Purple Death et ça, ça m'a scié.

En général ils font passer des tocards le matin, des groupes folklos, des new-wave, des tarés, style les Nougats de Montélimar ou les Remparts de Saint-Malo et là, subitement, les Purple Death, mes préférés...

Des mecs qui ont quand même tenu le Top cinquante dans les cinq premiers pendant cinq semaines.

J'appelle Ali, il vient à fond la caisse, encore mouillé dans sa serviette.

« Écoute le son de ces mecs ! »

On écoute et en surimpression[1] des lettres défilent et j'ai eu le déclic :

Purple Death ce soir et jusqu'à la fin de la semaine au Zénith[2]*...*

Il y avait autre chose après mais j'ai pas lu parce que ça m'est venu d'un coup... Je connais le Zénith, je suis passé devant avec Papa quand on a roulé sur les périphériques... On voit la toiture brillante et je me suis rappelé que je l'avais aussi aperçu il

1. Technique photographique et cinématographique consistant à superposer plusieurs images.
2. Salle de spectacle située au Parc de la Villette, qui assure une grande renommée aux artistes qui y passent.

y avait quelques heures à peine en regardant par la fenêtre. J'ai foncé et c'était bien ça : un petit ballon comme en métal tout en bas sur la gauche, perdu au milieu des constructions. On était dans les tours en face.

« T'as déjà vu des concerts ? »

Il continuait à s'essuyer les oreilles comme si sa vie en dépendait.

Je suis vraiment con de lui poser des questions comme ça, bien sûr qu'il n'en a jamais vu. C'est quand même pas Purple Death avec tous les milliards qu'ils doivent se craquer qui vont aller se pointer en Palestine faire les zouaves dans la poussière et les barbelés pour distraire les réfugiés.

« On va y aller. Faut que tu voies ça ! »

Faut absolument qu'il voie ça ! Moi, quand j'aime quelque chose, je n'arrête pas tant que les autres ne l'aiment pas aussi.

J'ai essayé avec les vieux mais alors là, échec complet. À un moment, j'étais jeune, je devais avoir dans les neuf ans, j'étais dingue des Rolling Stones, je leur mettais les disques à fond la caisse mais là j'ai failli prendre la trempe.

Mon père c'est plutôt Farhid el Atrach[1] et ma mère Julio Iglesias[2] si vous voyez ce que je veux dire avec en premier la passion absolue pour Nana Mouskouri[3], alors côté rock, on peut pas dire qu'ils soient vraiment portés dessus.

« Tu ne dois pas sortir, ce n'est pas possible. »

Raisonnable, le père Ali.

---

1. Chanteur qui a bercé les générations antérieures de refrains amoureux.
2. Chanteur d'origine espagnole.
3. Chanteuse d'origine grecque.

« On le dit pas, on sort tranquille et on revient à l'aise.

– Et pour l'argent ?

– J'en ai. »

C'est vrai, quand ils m'ont piqué chez moi en revenant de chez Mépied j'avais cent balles dans mon portefeuille. C'est Maman qui me file l'argent, elle vérifie toujours si tout y est : carte orange, carte d'identité, fric, tout parfait rangé impeccable. Le portefeuille était bien dans mon blouson avec le fric dedans. *No problem.*

« Allez viens, ça va te plaire, t'en as jamais vu... »

Il a pas l'air chaud. Ça lui plaisait pas de rouler sa grand-mère mais d'un autre côté on voyait bien qu'il en avait envie.

« Ils sont terribles, le type à la batterie, c'est dingue ce qu'il fait avec. »

Je lui ai mimé le solo : les caisses claires avec les plumeaux, les cymbales[1], le gong[2], les baguettes en l'air, hop rattrapées, tout ça bruité avec la bouche, cha ba lam, cha ba lam, tagadagada-bam, cha ba lam... tout l'orchestre à moi tout seul.

« C'est pas la peine d'aller ce soir, tu imites ce matin. »

Ça m'a fait rire et un peu scié parce que c'était la première fois qu'il sortait quelque chose de marrant, mais le plus étonnant c'est l'air qu'il a eu en me voyant me gondoler, comme s'il venait de s'apercevoir que lui aussi il pouvait faire rigoler les autres. Peut-être que ça ne lui était jamais arrivé ? C'est vrai que

1. Instrument de musique à percussion en cuivre ou en bronze.
2. Instrument de musique originaire d'Extrême-Orient constitué d'un disque en bronze légèrement bombé que l'on fait vibrer en le frappant avec un maillet.

dans tout le reste de sa vie il avait dû plus prendre de bombes sur la gueule que de crises de rire et qu'à la fin ça doit aigrir le caractère. Mais lui il n'est pas aigri, seulement triste assez souvent mais c'est parce qu'on se connaît pas depuis longtemps.

« On va au ping-pong ? »

J'ai vu que ça lui plaisait parce qu'il a fait oui oui tout de suite avec la tête mais il a demandé en même temps :

« Tu ne prends pas la douche ?

– Non, quand je peux éviter j'évite. »

Ça, ça l'a encore plus scié que les Purple Death. Il va de surprise en surprise, le père Ali. Il a pas fini de se farcir la civilisation occidentale. On va voir la tête qu'il va faire quand il sera devant les posters des bonnes femmes toutes éclairées dans les boîtes à Pigalle.

« Je croyais que vous preniez des douches tous les matins.

– Pas moi. C'est la liberté. La République. »

Il a encore ri. C'est son matin de bonne humeur.

Ce qui est drôle, c'est que pour s'habiller il rentre dans le lit et il se fringue sous les couvertures. Personnellement je comprends ça, même je trouve ça très bien, un peu ancien comme attitude mais très bien. J'aime pas trop qu'on me voie le zizi et le cul non plus, alors tout est parfait. Mépied par exemple ce serait plutôt le contraire...

« Tu crois en Dieu, toi ? »

Il a fini de passer son pull-over.

« Oui, je fais les prières et toi ?

– Moi pas beaucoup. Ma mère y croit, alors Papa fait semblant pour lui faire plaisir, elle fait la semoule et les gâteaux pour l'Aïd Kebir[1] et toutes les fêtes, on invite des gens, moi ma première cibiche[2] c'était pendant le ramadan alors ça prouve bien que je suis guère religieux, j'avais huit ans, une Winston entière dans les chiottes pendant la récré. »

Et en fin de compte, on a parlé de la religion, de tout ça pendant presque toute la matinée et quand on a voulu aller jouer au ping-pong, Khadidja est entrée avec un poulet, du riz, des pommes golden et c'était midi.

Je sais toujours pas si ce soir on va voir les Purple Death mais je vais finir par le décider.

1. On dit aussi Aïd-el-Kebir : importante célébration musulmane appelée également « fête du mouton » en raison du sacrifice ordinairement pratiqué ce jour-là et commémorant le sacrifice d'Abraham. Fête à ne pas confondre avec l'Aïd-el-Seghir par laquelle s'achève le jeûne du Ramadan.

2. Cigarette, en argot.

BIEN LIRE

CHAPITRE 10

- **Quelles sont les différentes raisons qui font rire Ali ?**
- **À quel moment et pour quelle raison les deux garçons sont-ils devenus copains ?**
- **Comment Fernand trouve-t-il Ali : amusant - triste - pudique - aigri - raisonnable - irritable - capricieux - austère - autoritaire (plusieurs réponses peuvent être justes) ?**
- **Quelles sont leurs activités ?**
- **Qu'est-ce que Fernand souhaite absolument faire connaître à Ali ?**

11

Il faut que je prévienne Khadidja en cachette de Fernand. S'il en profitait pour s'échapper ?

Peut-être il ment. Peut-être il fait semblant de vouloir aller voir ces musiciens et une fois dehors il tentera de rentrer chez lui.

Je ne crois pas, parce qu'il pense qu'il est là sur ordre de son père et puis surtout parce qu'il n'a pas l'œil qui ment. Je sais reconnaître cela et je ne le trouve pas quand je le regarde.

On a joué tout à l'heure.

On s'est même battus pour rire.

Je n'ai jamais autant joué avec un garçon. Peut-être autrefois lorsque j'étais très enfant mais je ne m'en souviens plus.

Ce qui est bien, c'est le ping-pong. J'aimerais en faire tout le temps. C'est très difficile. Il faut de la précision. Je mets la balle moins en dehors des limites qu'au début. Je voudrais atteindre 10. S'il me bat 21 à 10 aujourd'hui, ça ira.

Quand il imite les musiciens et surtout l'attaque aérienne, c'est très bien fait. Je ne peux pas me retenir.

Je ris trop avec lui.

C'est un très grand concert ce soir, ça doit être très beau en vrai, très riche, avec des fumées, des lumières, des projecteurs qui se déplacent comme pour une attaque aérienne mais il n'y a pas de morts, rien que de la musique qui coule partout comme l'eau quand on sort de la mer...

Je peux descendre avec lui et ne pas le quitter. Mais il me faudrait une autorisation. Si Hank Schoudorff était là je pourrais lui demander mais il n'est pas revenu. Je me souvenais très bien de ce qu'il m'avait commandé de faire : l'observer et le surveiller… « Il peut avoir envie de fuir… »

Il n'a pas dit qu'il fallait l'empêcher de sortir. Je peux le surveiller aussi bien dehors que dedans. Et puis il aurait confiance davantage. Il faut réfléchir. Si je lui dis : « Non, on ne sort pas. » Il va savoir que je suis un gardien pour lui et on ne se parlera plus.

« Tu crois en Dieu, toi ? Ma mère y croit, mon père non. »

Personne ne m'a demandé ça. On fait les prières, c'est tout. À Chiah des femmes arrivent par camions et déroulent des portraits de l'Ayatollah[1], on ne les aime pas, ce sont des folles, en noir, avec des yeux qui brûlent, quand elles passent il y a des soldats qui leur font des gestes et des mouvements avec les reins et elles poussent des cris enragés et jettent de la poussière au-dessus de leur tête. Elles crient que Dieu est arrivé, qu'il faut se battre pour Lui… Je ne sais pas. Il a fait la Terre et c'est écrit dans le Livre[2].

« Tu n'as pas appris les versets du Prophète ?

– Non, et toi ? »

À Chiah il y avait un baraquement militaire désaffecté[3] et tout un mur s'était écroulé, remplacé par une bâche, et on le

---

1. Dignitaire musulman chiite. Un dignitaire est une personne qui a une charge honorifique.
2. Il s'agit du Coran, considéré par les musulmans comme un livre sacré.
3. Bâtiment qui n'est plus affecté à une fonction, qui n'a plus les équipements nécessaires pour fonctionner.

relevait quand il faisait la chaleur l'après-midi... Par la brèche on voyait les plaines, les ondulations qui bougeaient dans la grande lumière, tout tremblait, tout était vide jusqu'au ciel. Pas un arbre, juste une ligne de cailloux qui serpentait : c'était l'oued[1] mais il était sec. Les phrases m'entraient dans la tête, je les répétais avec les autres et je voyais les gouttes couler sur les crânes rasés de mes frères.

« Moi je les ai appris par cœur.

– Ça prouve pas que tu crois en Dieu. »

Il a raison, ce pays où nous sommes ne se prête pas à la croyance... C'est difficile à expliquer : quand il y a des autos nombreuses, des maisons très hautes, des ascenseurs, des villes, des rues, des gens partout, on n'arrive pas à croire en Dieu facilement, quand il n'y a que les rochers et le soleil, les crêtes des collines et juste une chèvre tout au loin près d'un figuier, c'est plus facile...

C'est drôle, si j'avais eu autre chose sous les yeux que le ciel et la terre nue, jamais je n'aurais cru que Dieu existe, mais là-bas, à Chiah, c'était différent, il y avait la paix ces après-midi-là, le seul ronflement des mouches, alors c'était possible, le soir dans la rentrée des camions ça ne l'était plus...

On croit en Dieu dans les pays de grands silences, quand ça fait du bruit c'est trop difficile.

Fernand a été d'accord là-dessus, j'arrivais pas bien à expliquer mais il a compris. Je crois.

---

1. Cours d'eau dans les régions arides d'Afrique du Nord.

Après, on a été faire le ping-pong. On a d'abord fait des balles et il m'a expliqué le contre-pied[1] avec le revers[2] et puis on a fait la partie et la première manche a été nulle pour moi, tout dans le filet, et j'ai pris 21 à 6. En changeant de place je me suis rappelé les leçons de Si Amzane pour chasser la colère et j'ai respiré en faisant bouger seulement mon ventre et on a joué.

J'ai marqué le premier et il a fait une série de 4 et j'ai senti que tout se déroulait en dehors de moi : j'ai frappé plus fort et à un moment j'ai rattrapé une balle très forte et celle-là, si j'avais essayé de la rattraper, je n'y serais jamais arrivé mais je n'ai pas essayé, je l'ai rattrapée, c'est tout, et Fernand a hurlé bravo.

Il n'arrête pas de crier quand il joue et moi jamais, et on est arrivés à 18-7 et c'était à moi d'engager. J'ai un peu coupé[3] la balle comme il me l'avait montré et il a fait un renvoi plein filet : 18-8.

Plus que deux points.

J'ai tout loupé et voilà 20-8, c'est la balle de match.

Le calme m'est revenu et j'ai fait deux coups droits sur la gauche et quand il a été bien sur la gauche et qu'il a fait une balle courte il a foncé sur la droite parce qu'il n'y avait plus personne et j'ai joué la troisième à gauche : le coup du contre-pied. Il a poussé un hurlement ça faisait 20-9.

1. En sport, prendre à contre-pied, c'est déstabiliser physiquement son adversaire.
2. Coup dans lequel la raquette est maniée du côté opposé à la main qui la tient.
3. J'ai frappé la balle de manière à lui donner de l'effet (et donc un rebond imprévisible).

J'ai joué calme comme à l'entraînement et au troisième échange il m'a fait le coup de la balle haute, celle que je manque toujours parce que je smashe[1] trop long et j'ai frappé avec tout le corps. J'ai entendu le bruit sur la table et il a dit « merde » et un troisième bruit, c'était moi qui hurlais parce que ça faisait 20-10.

Et même que je suis allé jusqu'à 11. Et là j'ai pensé qu'on pourrait aller voir ses musiciens préférés. Je n'en ai pas vraiment envie pour moi. Juste un peu, mais c'est normal qu'il y ait droit puisqu'il m'a appris le ping-pong et que ce n'est pas drôle d'apprendre à quelqu'un qui ne sait rien.

Après le ping-pong j'ai fait semblant d'aller dans les W.C. et je suis entré dans la cuisine. Khadidja écoutait une radio arabe. Elle ne faisait rien. Je crois que les plats arrivent tout cuits d'un restaurant ou quelque chose comme ça.

« Il voudrait sortir ce soir. Aller voir les musiciens. »

J'ai vu ses dents briller, elle devait mâcher un chewing-gum ou des graines de pastèque ou quelque chose comme cela.

« Il ne doit pas sortir.

– Pas s'il est seul mais je suis là pour le surveiller. »

Elle m'a regardé. Il y avait trop de graisse dans son corps mais elle devait être très forte, cela se voyait aux grosses veines qui couraient entre les coudes et les poignets.

« Et s'il t'échappe ?

– Non. »

Je voulais dire aussi que j'étais plus fort que lui, plus rapide,

---

1. Smasher : donner un coup de raquette de façon à rabattre la balle avec force vers la table.

que même au ping-pong dans trois jours je le battrais mais elle devait le savoir et puis je n'aime pas me vanter. Je ne lui ai pas dit non plus qu'on était assez amis et qu'il ne pouvait pas me tromper.

« Il croit que son père est d'accord, alors il reviendra... »

Elle a continué à mâcher sans cesser de me regarder. Elle avait dû remettre du henné parce que sous le fichu ses cheveux étaient plus rouges et il y avait comme une odeur sucrée qui flottait.

« C'est loin ces musiciens ?

– Il dit que non. »

J'ai vu ses dents briller un peu plus.

« Et toi aussi tu as envie d'y aller, hein ? »

Je sais sentir les pièges, cela fait très longtemps que j'ai appris.

« Non. »

Elle a remué la tête et elle a fait son sourire joyeux et ancien.

« Laisse-moi réfléchir et je te dirai bientôt. »

Comme elle venait de le dire, on avait l'impression qu'elle était d'accord et qu'elle faisait attendre un peu pour ne pas avoir l'air de céder d'un coup, mais je sais que même si un homme te dit oui et qu'il le répète trois fois, il est encore bon de rester sur ses gardes[1].

Je suis revenu dans la chambre et j'ai refermé la porte.

Il avait neigé pendant la nuit et malgré la hauteur il y avait

1. Se méfier, être sur le qui-vive.

comme une rumeur qui venait d'en bas. En collant le front contre la vitre, on voyait des autos, des files arrêtées, comme des boîtes d'allumettes, même plus petites. La radio parlait de verglas.

« J'ai demandé à Khadidja. »

Il s'est retourné comme s'il avait été piqué par un scorpion.

« Pour ce soir ?

– Oui.

– Et alors ?

– Elle va nous dire. »

Il a poussé un gémissement comme si le scorpion l'avait vraiment piqué.

« Tu es tout con, Ali, complètement con... Maintenant c'est foutu.

– Pourquoi ?

– Parce que si elle refuse, elle se méfiera et on pourra pas se tirer. »

J'ai fait celui qui était fautif, qui n'avait pas réfléchi assez... Mais c'était aussi pour cela que j'avais demandé : à présent, j'étais couvert. Si on y allait ce serait avec une autorisation et c'était ça qui comptait.

Vers midi on a regardé le soleil. Il a éclaté les nuages et dès le premier rayon de soleil ils ont fui de tous les côtés comme une armée en déroute.

Il chauffait derrière la vitre et on était bien. On a joué aux dominos et j'ai pensé aux vieux, le soir, sous les eucalyptus à Tall-Zaatar.

On a quelquefois les mêmes idées parce qu'il a dit :

« Mon grand-père jouait toujours aux dominos. »

Ils jouaient tous aux dominos dans l'ancien temps. Ils avaient des vies calmes. Le soleil du soir sur les bancs de bois font de grandes ombres juste avant le muezzin et...

« Ali, viens. »

Khadidja était sur le pas de la porte et je l'ai suivie.

« Le téléphone. »

J'ai ramassé l'écouteur sur la table. Si Mchmoud m'a appris à m'en servir. Ne pas trop appuyer sur l'oreille.

« C'est toi, Ali Sannegh ?

– Oui. »

Moi je n'ai pas à lui demander qui il est. C'est l'homme à la bouche molle, Hank Schoudorff.

« Écoute-moi bien. »

Je n'aimais pas sa voix non plus. Même si je n'avais jamais rencontré cet homme, je pourrais deviner son visage seulement à sa voix.

« Vous ne descendez pas de la tour. Tu as compris ? »

Il y avait de la mort derrière ces mots. Pour Fernand. Peut-être pour moi.

« Il y a des hommes à nous devant la porte, jour et nuit. S'ils vous voient ils tirent. Ce sont les ordres. »

Ma salive a séché et j'ai eu peur que ma voix change, alors je n'ai rien dit.

« Tu as entendu ce que j'ai dit ?

– Oui.

– Tu es un combattant. Je veux t'entendre dire que tu l'empêcheras de sortir.

– Je l'empêcherai.

– De sortir...

– De sortir...

– Très bien. »

Il a raccroché.

Quand je me suis retourné, Khadidja était derrière moi.

« Il ne veut pas ?

– Non. »

Elle a eu un geste de fatalité avec les mains... Elle s'est éloignée et j'ai senti que l'atmosphère avait changé.

Peut-être à présent ils se méfiaient de moi.

BIEN LIRE

CHAPITRE 11

- **Quelles sont les nouvelles préoccupations d'Ali ?**
- **Que se reproche Ali quant à son comportement avec Fernand ?**
- **Quelle est la récompense qu'Ali souhaite faire à Fernand pour le remercier de lui avoir appris à jouer au ping-pong ?**
- **Quelle est la même idée qui les unit au moment de jouer aux dominos ?**

12

La télé, c'est vraiment un truc bizarre, plus il y a le choix et moins on a à voir. C'est normal quand on y réfléchit, si on a trente conneries sur trente chaînes c'est encore plus pénible que s'il y a une connerie sur une seule chaîne parce que dans le dernier cas on se dit que c'est pas terrible ce soir mais dans le premier cas on conclut que la race humaine est vraiment totalement débile.

Je sais pas si je me fais bien comprendre.

En tout cas, ce soir il n'y avait rien. On changeait sans arrêt... D'habitude, pour les fêtes, ils font un effort, mais là rien du tout. Il faut dire qu'on était un peu endormis parce que Khadidja nous a fait le couscous d'enfer. J'ai jamais mangé autant de ma vie. Et le soir, le couscous ça pèse. Avec les merguez, le mouton, les légumes, la semoule, j'avais même plus la force d'appuyer sur le bouton de la télécommande.

Du coup on a laissé tomber le ping-pong, on n'aurait jamais pu soulever les raquettes. Plus question de concert non plus...

On a parlé un peu dans le noir avant de dormir... Je sens qu'il a eu une drôle de vie en Palestine... À un moment il a dit qu'il avait été vendu à des hommes.

Il devait s'endormir pour dire ça parce que je me demande bien pourquoi quelqu'un l'aurait acheté.

Après, quand je lui ai posé des questions il n'a pas répondu.

Moi j'ai continué à parler, je lui ai raconté les films, les vacances, et même les photos de Pigalle avec Mépied, et puis le matin est venu tout seul.

La neige tient sur les toits et les endroits où il reste encore de l'herbe. Tout le reste est gris. C'est blanc et gris, même le ciel. C'est une drôle de période l'hiver, si on prend les voitures par exemple : une rouge et une bleue, eh bien l'hiver elles sont grises pareilles. C'est pas la saison des couleurs.

J'ai pas pris la douche. C'est de voir tout ce froid dehors qui m'a coupé l'envie, je suis aussi lourd encore du couscous d'hier soir. J'ai fait des rêves avec des camions qui me fonçaient dessus. Ça c'est les merguez. Quand on veut rêver de camions écraseurs, il suffit de manger des merguez le soir. C'est radical. Du coup j'ai presque pas touché au petit déjeuner et Ali non plus.

J'ai demandé à Khadidja quand est-ce que j'allais rentrer chez moi.

« Demain. »

J'ai bondi sur le lit et j'ai refait mon truc de l'attaque aérienne avec la D.C.A.[1], l'Américain qui meurt et les bombes partout, ils riaient tous les deux et après avoir été coupé en deux par une rafale de mitrailleuse, j'ai dit :

« Est-ce qu'Ali peut venir chez moi ? »

Ça m'est venu d'un seul coup. On peut pas dire que je ne réfléchis pas quand je parle, simplement la réflexion ne vient qu'après. Mais plus j'y pensais et plus je trouvais ça impeccable :

1. Artillerie antiaérienne (sigle pour Défense Contre Avion).

il pourrait coucher dans ma chambre et comme ça on pourrait se balader, tous les monuments, deux jours pas plus, et puis après il revient, c'est pas compliqué et tout le monde est content, j'ai compris qu'elle était d'accord quand elle s'est mise à rire et en plus elle m'a gratté la tête sur le dessus et j'ai entendu ses bracelets qui cliquetaient contre mon oreille. Elle aime bien faire ce geste. Ali attendait le verdict[1] tranquille dans son coin.

« D'accord. »

J'en revenais pas. Ça avait été plus facile que je ne l'aurais cru.

« C'est vrai, madame Khadidja, il peut venir ?

– Oui. »

C'était une vraie grand-mère au fond. Elle aurait pu bloquer un camion sur la route avec un seul bras mais c'était quand même une grand-mère, elle avait des yeux avec de la gaieté dans le fond, c'était cuivré mais pétillant.

« Et on peut partir quand ?

– Dans l'après-midi. Vers cinq heures. »

Voilà, formidable. Tout était terminé. J'avais eu la trouille et la colique à un moment mais ça me ferait un bon souvenir : ça avait rompu la monotonie du train-train. J'aime bien la monotonie mais pas trop et en plus je me suis fait un copain. Et c'est vrai que quand on sera dehors tous les deux on va se marrer.

« T'as déjà fait du train fantôme ?

– Non. »

1. Jugement prononcé par une autorité et, par extension, jugement ou décision quelconque.

Bien sûr. Je suis con parfois, je pose des questions pas tellement utiles. Je connais pas la Palestine, mais pour ce qu'on voit à la télé ça n'a pas l'air d'un pays pour les fêtes foraines. Ils ont plus l'air portés sur les tanks que sur le grand huit.

Je lui ai donc raconté un peu le train fantôme. C'est pas facile à faire parce que c'est le genre assez indescriptible. Il faut avoir ressenti ça. Enfin, j'ai dit les squelettes, le monstre avec la gueule qui fume quand on rentre dans le cercueil, et les cris tout le temps. Ça ne lui a pas fait grand effet, il a même eu l'air de trouver ça un peu con. C'est d'ailleurs un peu con mais c'est rigolo. Et au fond, c'est ça qui nous sépare : quand quelque chose est un peu con il dit qu'il faut supprimer. Moi quand je me dis que c'est un peu con, ça ne me gêne pas que ça continue à exister quand même. Le train fantôme par exemple, c'est pas si on les détruit qu'on sera plus avancés. Bien sûr, si on réfléchit qu'avec l'argent pour construire un train fantôme on pourrait acheter du blé ou des médicaments pour l'Afrique et tous ces coins-là, on se dit que ce serait mieux évidemment, mais puisque c'est pas comme ça que ça se passe autant en profiter et aller rigoler dedans.

« Et puis tu crois qu'on pourrait nourrir beaucoup de gens avec un train fantôme ?

– Quelques-uns. »

Il m'énerve quand il fait sa tête fermée.

On n'a plus le droit de s'amuser, alors ? Parce que si on se dit qu'avec tous les trucs où on rigole on peut sauver des gens, il n'y a plus de cinémas, plus de fêtes foraines, même plus de télé...

« Tu trouves ça bien ?

– Oui. »

Voilà, il est comme ça, complètement buté. Il...

« On dirait que tu ne peux pas vivre sans rigoler... Tu parles tout le temps de rigoler... Chez moi on reste sans rigoler parce que c'est trop difficile. Les enfants rigolent quand ils sont petits, pas souvent et pas tous. Après c'est fini. »

On a continué là-dessus toute la matinée. On a fait la philosophie et on n'est pas arrivés à être d'accord, juste à un moment on a dit que le mieux c'était quand tout le monde rigolait dans le monde entier et tant qu'il n'y en avait pas qui ne pouvaient pas rigoler les autres pouvaient quand même rigoler parce qu'il y avait pas de raison sauf si le fait de rigoler empêchait les autres de rigoler. On s'est un peu embrouillés dans tout ça et à un moment ça nous a fait rigoler et je lui ai dit :

« Tu vois que tu rigoles ! »

Du coup on a rigolé encore plus. Peut-être que ça s'apprend de rigoler.

On a filé au ping-pong et alors là on a fait le grand déchaînement, une vraie folie. Il devient bon très vite. Quand on a fait les balles d'entraînement je m'en suis aperçu. Comme s'il avait joué toute la nuit. Je lui ai mis 21-7 d'entrée et à la deuxième manche[1] il a doublé : 21-14.

1. Partie d'un jeu ou d'une compétition.

On a refait une autre partie où il a pas touché terre et quand on a recommencé, alors là, la surprise. On est arrivés à 17-17.

J'arrivais pas à le décrocher. Pourtant je lui ai pas fait de fleurs. Il a rattrapé un smash de rêve, et qui a été mené à 17-18 ? c'est bibi.

Finalement je l'ai battu 21-19, mais j'ai mis le paquet avec mon service tordu-rusé.

Si on rejoue encore, il peut me prendre une manche. J'ai jamais vu un mec faire de tels progrès. Au début, il jouait tendu, avec sa tête triste, et maintenant il a les yeux qui brillent.

On a terminé en sueur avec les jambes gélatineuses[1] tellement on s'est donnés. Du coup on a pris la douche parce qu'on puait comme des chacals[2]. Ali m'a expliqué que ce qui puait le plus c'étaient les chiens de sable parce qu'ils traînent autour des boucheries et ils bouffent de la viande verte. Rien que de l'entendre ça me dégoûtait du bifteck-frites.

En parlant ping-pong, je lui ai dit qu'il allait me battre rapidement s'il continuait à jouer comme ça.

Il a eu l'air scié que je lui dise ça. Je vois pas pourquoi je lui dirais pas. Ça m'a jamais embêté d'être battu. Je préfère gagner mais si je prends la raclée je m'en fous. J'ai pas compris pourquoi il était tout troublé.

---

1. Qui ont l'aspect ou la consistance de la gélatine (substance fabriquée à partir des tissus animaux).
2. Mammifères de petite taille, aux longues oreilles dressées, qui vivent dans le désert et se nourrissent de charognes.

Peut-être que jusqu'à présent il n'avait connu que des mauvais joueurs.

Je ne sais pas pourquoi l'idée de la montre m'est venue.

Dès le début j'avais remarqué qu'on avait la même. Papa me l'a achetée un samedi après-midi dans une grande rue pleine d'Arabes derrière la place Clichy. C'est un cadeau dont je me rappelle bien parce que le magasin était immense avec des vendeurs qui avaient tous la tête pleine de brillantine[1] et des grandes pancartes rouges qui disaient que c'était pas cher et que même on ne trouverait jamais moins cher même si on allait dans le monde entier.

Papa a hésité parce qu'ils faisaient des rabais si on en achetait plusieurs mais lui il en a déjà une avec le chrono, le bracelet métal et tous les fuseaux horaires et il en a acheté une à Maman, la gourmette avec, le vrai cadeau d'Arabe.

J'en ai choisi une avec les chiffres qui défilent et qui s'éclairent parce que ça fait moderne et après je me rappelle on a été voir un film avec Belmondo qui fait le con sur les buildings. J'ai horreur de ça, mais lui ça lui plaît. D'ailleurs je m'en foutais parce que je sentais la montre à mon poignet et je voyais le cadran briller dans le noir. Très beau. Un peu comme le tableau de bord de la 203 la nuit.

Donc je retire ma montre et je dis à Ali :

« Je te la donne, tu me files la tienne. »

J'avais lu ça dans un bouquin, je ne sais plus lequel, un truc

1. Préparation à base d'huile parfumée qui sert à lustrer les cheveux.

de sentiment entre hommes. Ça me semblait bien comme geste. Et puis là, ça tombait à pic parce que s'il y en a un qui a une tocante[1] en or massif avec quinze aiguilles tout électronique, avec la machine à calculer et que l'autre il a acheté la sienne dans le métro Barbès à quinze balles les trois, bracelet en carton et tout pourri, il y en a un qui, même si c'est son ami, il fait une drôle de gueule.

Là, pas de problème, c'est la même.

Donc on a échangé nos montres et maintenant c'est comme si on avait signé un contrat : l'un est attaqué, l'autre arrive. Dommage qu'on n'aille pas dans la même école.

J'ai fait mon lit. Ali fait le sien impeccable, j'arrive pas à comprendre comment il s'y prend pour que les draps et les couvertures soient aussi bien tirés. Il m'a filé un coup de main parce que je suis pas doué pour le ménage et puis on a parlé de hommes femmes mais pas longtemps parce que j'ai bien vu que le père Ali il coinçait un peu de ce côté-là, l'inverse de Mépied. C'est pas un bricolo de la quéquette. Je préfère ça parce que c'est pas bon de ne penser qu'à ça, il y en a qui deviennent malades.

Mais Ali c'est l'excès inverse, on peut se demander s'il sait comment on fait les enfants, les femmes à poil et toutes les positions qu'elles ont avec les types sur les grandes diapositives à la porte des boîtes de nuit. Ça va le changer des fatmas[2] voilées quand il va voir ça.

---

1. Montre, en langage populaire.
2. Femmes. Nom déformé de Fatima, fille de Mahomet (prophète de l'Islam) et de sa première épouse, Khadidja.

Khadidja a apporté du jus d'orange et on l'a bu en regardant la télé, pépères, en pachas[1].

C'est agréable. Je commençais à m'habituer ici, maintenant que je vais partir j'y suis bien.

C'est toujours comme ça. Mais peut-être que c'est parce que je sais que je m'en vais que j'y suis bien.

C'est possible.

Enfin je suis quand même plus content de partir que de rester.

Et puis Ali viendra. Et puis j'ai sommeil. Ce doit être le restant du couscous d'hier soir, plus le ping-pong qui m'a crevé... Vraiment sommeil...

1. Faire le pacha signifie « se faire servir ». L'expression vient du titre que portaient les gouverneurs de province et quelques hauts dignitaires de L'Empire ottoman.

BIEN LIRE

CHAPITRE 12

- **Quel est le secret qu'Ali révèle à Fernand dans son demi-sommeil ?**
- **Quel rêve Fernand fait-il après avoir mangé des merguez ?**
- **Pour quelle raison Fernand fait-il, pour la deuxième fois, le truc de l'attaque aérienne ?**
- **Quel objet les deux garçons échangent-ils et pour quelle raison ?**

13

Nous avons échangé nos montres.

C'est comme un serment entre nous maintenant.

Je ne sais pas expliquer pourquoi mais c'est ainsi...

Il y a quelque chose dans le Livre de Mahomet qui le dit, je l'ai appris très enfant, après le don, quand l'échange a eu lieu le sang est le même. Il est autant mon frère qu'Ahmed. Plus peut-être car Ahmed était trop fou.

Aux actualités, le journaliste a prétendu que les otages français de Beyrouth reviendraient bientôt. Cela m'a fait rire et je me suis tourné vers lui. Il dormait. Pourtant le son de la télé était assez fort et il n'était pas plus fatigué que moi. J'ai pensé qu'ou bien il était moins résistant que moi, ou bien Khadidja avait mis quelque chose dans son verre.

Et la porte s'est ouverte.

Schoudorff se tenait devant. J'ai remarqué cela. Il n'est pas entré dans la pièce où je me trouvais avec Fernand. Il est resté dans le couloir et m'a fait signe de le suivre.

Tout allait commencer. Je l'ai senti à un vide qui s'est fait en moi à l'intérieur. Avant, je ne ressentais pas cela, je ne m'entraîne plus depuis trop longtemps, mon sang ne m'obéit plus, il s'enfuit comme chez les lâches. Je l'ai suivi dans l'autre appartement.

« Assieds-toi. »

Nous nous sommes installés sur les nattes.

Il ne sait pas s'asseoir à l'arabe. Je ne sais pas pourquoi il faisait cela.

« Quelle heure as-tu ?

– Onze heures et quart.

– Tu as oublié les leçons.

– Onze heures quatorze.

– Bien. Tu vas quitter cette maison exactement dans deux heures. »

J'entendais Khadidja remuer dans l'autre pièce. Des bruits faibles, comme si elle manipulait des étoffes. Elle devait faire les lits...

« Tu vas sortir avec ce costume. »

Il l'a sorti d'une boîte plate qui se trouvait par terre derrière lui. Je l'ai reconnu : c'est celui que Si Amzane m'avait fait essayer un jour. Gris, avec la chemise blanche et la cravate bleue. Un costume de ministre enfant. Dans le fond de la boîte, j'ai vu les chaussures, noires, très brillantes, très bien cirées comme des miroirs noirs.

« Tu as un peigne ?

– Oui.

– Bien. Tu demanderas à Khadidja de te mettre de la brillantine, elle le sait mais si elle oublie rappelle-lui. »

Je n'arrivais pas à détacher mes yeux de sa lèvre d'en dessous. Elle pendait comme s'il n'y avait pas assez de muscles pour la retenir. Il y avait trop de peau. On voyait sa gencive rosâtre et cela fait sale.

« Et maintenant tu fais attention. »

Il a mis la main sous sa veste et je savais ce qu'il allait y chercher avant qu'il ne le sorte. C'était le Zastava. Le petit chat noir. Il avait fait le voyage lui aussi.

Quand je l'ai eu dans ma main j'ai compris que je m'étais trompé, ce n'était pas lui. Les sécurités étaient toujours supprimées mais le quadrillage des plaques de crosse n'était pas le même. Celles-ci sont plus granitées. Elles glissent moins dans la main, ce doit être mieux quand il y a de la sueur.

Il m'a tendu le chargeur et je l'ai enclenché. C'était exactement le même déclic. Fernand ferait une drôle de tête en voyant le pétard. Le tarpé comme il dirait.

« Tu l'armeras juste avant de tirer. »

Voilà, je vais savoir maintenant. Tout va aller très vite. Je suis un fedayin.

« Voici ta cible. »

Il m'a montré la photo, mais ce n'était pas la peine, je savais que c'était lui que je devais tuer. Si je revenais bien en arrière, je crois que je l'ai su dès le moment où j'ai pris l'avion pour venir dans ce pays. C'est comme les histoires que les chibanis racontaient le soir lorsqu'il faisait trop sombre pour jouer aux dominos.

Des vieux combats où les guerriers cherchaient avant tout à tuer le chef de l'armée ennemie.

Cela a toujours existé : quand le chef meurt, les soldats se rendent ou fuient. Rien n'a changé aujourd'hui, simplement il y a plus de ruse mais c'est pareil.

« Il y aura beaucoup de monde dans la pièce, presque uniquement des enfants. Il serrera la main à tous. Quand il la tendra vers toi tu tireras. »

Je sais faire cela. J'ai passé des heures dans ce sous-sol à viser la forme noire peinte sur le béton. Ce sera pareil. La voix de Si Amzane résonne encore : « C'est un homme devant toi, lance le bras vers lui comme pour frapper et lâche la haine, il a tué ton père, tu le tues.

– Et après ? »

Il m'a regardé et j'ai vu son hésitation. Peut-être il a voulu parler d'Allah et du destin mais ce n'était pas cela que j'attendais et il l'a compris.

« Vide le chargeur. Ne compte pas les coups. Les six balles, ton bras suit la chute du corps.

– Je sais. Et après ?

– Tu lâches le revolver en criant avec les autres et tu cours. Il y aura une grande panique. Tu sortiras par le fond : des portes vitrées ouvertes sur les jardins. Cours de toutes tes forces jusqu'à la grille. Nous serons là.

– Ils vont tirer...

– Pas sur un enfant.

– Et après ?

– Nous avons des caches dans Paris. Personne ne te trouvera. Tu rentreras chez toi par la filière[1] yougoslave. Une série de camions jusqu'en Turquie, puis la Syrie et c'est fini.

– Bien, c'est bien. »

1. Réseau.

Si c'était vrai. C'est possible. À la guerre on ne laisse pas les combattants mourir seuls. On vient les chercher. Parfois.

« Et Fernand ?

– Quand le président sera mort, il sera libre. »

Quelque chose ne va pas. Il a vu nos têtes à tous. La sienne, la mienne, celle de Khadidja, il m'a raconté l'histoire du Chinois en blouson, il peut les reconnaître.

« Il va parler. Il va raconter.

– Ce n'est pas grave. Nous serons tous partis depuis longtemps. Ne t'occupe pas de Fernand. Tu as ton devoir. »

C'est vrai. Et je le ferai.

« Habille-toi à présent. Tu quitteras l'appartement à treize heures quinze exactement. Tu descends par l'ascenseur. Sur le trottoir il y aura une 305 bleue immatriculée 95[1]. Il y aura un homme au volant que tu ne connais pas. Tu monteras à côté de lui. Il te posera des questions sur Fernand. Dis-lui la vérité : qu'il va bien, que vous avez joué au ping-pong, le couscous, qu'il va être libre. Sur le reste tu te tais. Il te conduira où tu sais.

– Chez le président ?

– Chez le président.

– Et vous ?

– Nous sommes avec toi.

– Près de la grille.

– Elle sera ouverte. Rappelle-toi. Cours à travers la pelouse.

1. Numéro du département du Val-d'Oise, dont le chef-lieu est Versailles.

Nous serons dans une camionnette. Une Citroën. Nous t'attendrons. »

S'ils me prennent ils ne me tueront pas. On m'a expliqué tout ça. Ils ne tuent pas les enfants. Je ne crains rien. Mais si tout est prévu par eux, tout se déroulera comme ils l'ont dit parce que Dieu est avec eux et avec moi. C'est comme cela qu'il faut croire. Et c'est comme cela que je n'y arrive plus.

Peut-être depuis la seconde où j'ai vu l'argent dans la main de l'oncle, je ne peux plus penser comme ils le veulent et je n'ai fait que tricher parce que je ne sais plus s'ils ont raison.

Schoudorff est parti et je me suis habillé. Les souliers sont un peu grands, je dois serrer très fort les lacets car lorsque je vais courir il ne faut pas qu'ils me gênent. Le reste va bien. C'est un costume léger et chaud. Nous n'en avons pas comme ça en Palestine. Je suis arrivé à faire assez bien le nœud de la cravate, il est un peu trop gros c'est tout.

J'ai passé le crochet du pistolet dans la ceinture. Il ne se voit pas du tout sous la veste même quand je la laisse ouverte.

Mon cœur bat profond. Il est très lointain et lent, à des milliers de kilomètres de ma poitrine. Il frappe là-bas, dans la baraque du camp, près de la natte où dorment mes sœurs. Je pense à Smahane plus souvent depuis que j'ai rencontré Fernand. Je ne vois pas le rapport pourtant... Il me fait venir de la douceur pour elle. Il ne faut pas, cela ne sert à rien, ni à elle ni à moi.

Khadidja est entrée avec un pot de gelée jaune. Elle en a mis dans le creux de ses paumes et a posé ses mains sur mes cheveux. Cela sentait bon et elle m'a peigné. Elle m'a regardé après en souriant et m'a embrassé comme le faisait Fathia lorsque j'étais très petit. J'ai eu envie de lui parler mais je n'y suis pas arrivé. Qu'est-ce que je pouvais dire ? Et puis elle est une femme.

« Tu as mis quelque chose dans le verre de Fernand ?

– Oui, il faut qu'il dorme.

– Pourquoi ?

– Pour ne pas voir le chemin que nous prendrons pour le ramener chez lui. Ne t'inquiète pas pour ton ami. C'est ton ami, n'est-ce pas ?

– Non. »

Elle n'a pas à savoir ces choses.

Il restait peu de temps. Dix minutes.

Je suis allé dans la salle de bains. Deux choses m'ont surpris. La première c'est qu'il n'y avait plus rien dedans. La dernière fois, des affaires traînaient encore, même une bassine près de la porte avec des vêtements qui trempaient dans de l'eau mousseuse. Tout était parti, les dentifrices, les brosses, les serviettes. Et la deuxième chose, c'est ma tête dans la glace. Elle était minuscule, tout étroite... C'était le fait d'avoir les cheveux complètement plaqués sur le crâne.

Il traînait juste un bout de savon très mince sur le rebord du lavabo. J'ai enlevé ma veste pour ne pas la mouiller, ma montre, et je me suis lavé les mains. J'ai fait passer le savon entre les doigts un très grand nombre de fois. Le robinet coulait sans arrêt. Je n'étais pas encore habitué à avoir l'eau si proche, si facile... Il suffisait de tourner un robinet et elle jaillissait, cela pouvait durer des heures, des mois peut-être... Ces pays étaient riches... Le savon est devenu complètement translucide, c'était comme du papier, tout aussi mince. Je ne pensais à rien. Juste à la mousse qui tournait en spirale dans le fond, sur la faïence.

Et puis Khadidja a frappé à la porte. Il fallait y aller. Je le savais, c'était inutile qu'elle le signale. Je pouvais lui dire exactement le nombre de secondes qui restaient avant de descendre.

Je suis sorti et elle m'a aidé à remettre ma veste. C'était inutile bien sûr mais cela n'avait plus d'importance à présent.

« Adieu Djilali. »

Elle savait mon vrai prénom. J'ai eu envie d'aller voir si Fernand dormait toujours mais cela aurait fait également partie des choses inutiles. Demain il saurait ce que j'aurais fait. Il saurait aussi pourquoi et plus tard il comprendrait que c'était bien.

Je suis sorti et la porte a fait son déclic derrière moi.

J'ai appelé l'ascenseur. Dedans cela sentait la cigarette riche. J'ai pensé à l'oncle tout de suite.

J'avais habité au dix-huitième. J'ai appuyé sur le bouton « rez-de-chaussée » et j'ai aimé ce bruit lointain de la machine, c'était quelque chose de bien entretenu, huilé.

Heure exacte, j'en étais sûr.

J'ai regardé à mon poignet pour vérifier et mon index est parti droit sur le « stop ».

La descente s'est arrêtée net.

J'avais oublié ma montre. Sur le lavabo. Je l'avais laissée là en sortant de la salle de bains.

J'ai appuyé sur le « 18 » et l'ascenseur est remonté.

Je n'irais pas là-bas sans ma montre parce qu'il était prévu que j'en aie une. Cela a peut-être une importance que je ne mesure pas. Et puis c'est le serment avec Fernand. Comme un fétiche.

Au dix-huitième j'ai sonné à la porte de droite. Khadidja allait regarder à l'œilleton et ouvrir. Personne. Elle ne pouvait pas être descendue...

J'ai re-sonné.

C'est là que j'ai entendu le bruit dans l'appartement en face. Quelque chose qu'on traînait par terre.

Cela m'a fait un décrochement dans l'estomac. Quelque chose qui bougeait. Khadidja a ouvert. Elle avait de l'étonnement mais toujours le sourire de métal et de joie. Elle bouchait la porte de tout son poids.

« J'ai laissé ma montre dans la salle de bains. »

Elle a eu un mouvement de main vers ma tête, le cliquettement des bracelets, mais elle n'a pas gratté, elle a juste effleuré mes cheveux pour ne pas me dépeigner.

Je savais que je n'étais pâle qu'à l'intérieur. Elle n'a pas pu savoir ce que je ressentais. Elle a eu une hésitation et a pris les clefs dans sa ceinture.

« Je vais t'ouvrir. »

Elle a cru que je la suivrais sur le palier mais j'ai foncé par la porte entrouverte quand elle a libéré le chemin.

J'ai fait trois pas et j'ai vu le paquet sur le sol. Il y avait des ficelles par terre qu'elle n'avait pas eu le temps de mettre autour du drap. Je savais qu'il était dedans et que personne jamais ne le reverrait.

Je me suis demandé avec quoi elle l'avait tué. Elle avait été très rapide.

Elle s'est avancée vers moi. Elle soufflait assez fort et elle avait toujours son air de bonté.

« Ça ne nous plaît pas mais il le fallait, c'était nécessaire. »

Je le savais, au fond. Je ne sais pas pourquoi je faisais tant d'histoires. Elle a avancé mais très peu. Elle savait que j'avais le pistolet.

« Comment tu as fait ? »

Elle a haussé les épaules.

« Il n'a rien senti. »

Il se foutait de perdre au ping-pong. Et il faisait des bruits de mitrailleuse pour rire. C'est l'enfant le plus gai que j'aie connu. Il voulait que je vienne chez lui.

« Il faut que tu ailles les retrouver en bas. »

Il pensait que c'était ma grand-mère. Je pense qu'elle lui a cassé le cou. Ce n'est pas long, ni difficile, il faut donner une torsion sèche sur le côté, en bloquant avec l'avant-bras, et ça pète dans un bruit de carton. Je vais peut-être la tuer.

« Tu entends, Djilali ? Tu as ton travail à faire. »

Je peux la tuer. En trois balles parce qu'elle a beaucoup de graisse et que ce ne sont que des 9 mm.

« C'est Schoudorff qui a donné l'ordre ?

– Oui. C'est le chef.

– Ce n'est pas un musulman.

– C'est le chef. »

Ils me l'ont dit en Palestine, je dois obéir aux ordres, quel que soit celui qui les donnera.

Khadidja m'a rendu ma montre et je suis sorti. Je ne me suis pas retourné sur le paquet blanc. Ce n'était pas la peine. C'est un monde où il ne faut pas se retourner, cela ne sert à rien et puis je n'avais même pas de chagrin.

BIEN LIRE

CHAPITRE 13

- **Quel est le signe qui indique à Ali que « tout allait commencer » ?**
- **Quel est le nom de l'homme qui lui donne les ordres, les consignes ?**
- **À quelle heure Ali doit-il quitter l'appartement ?**
- **Quelle est la voiture qui l'attend au bas de l'immeuble ?**
- **Dans quelle voiture les hommes l'attendront-ils après l'attentat ?**

14

Il faisait plus sombre dehors que dedans. À l'intérieur, les vitres donnaient comme une clarté électrique. Dehors, c'était gris et plat, la couleur des sacs de sable devant les postes de garde.

J'ai vu la Peugeot. En double file, un peu sur la gauche.

J'ai su tout de suite qui était l'homme au volant. C'était le père de Fernand. Il lui ressemblait. C'était lui dans un très grand nombre d'années mais jamais il ne deviendrait comme ça et j'ai senti le décrochement revenir.

Il me regardait approcher et ses yeux devenaient plus larges à chacun de mes pas. Schoudorff était à l'arrière. C'est lui qui m'a ouvert la portière et je suis monté à côté du chauffeur.

Dans le rétroviseur j'ai vu deux hommes monter dans une Volvo[1]. L'un était asiatique avec le blouson que Fernand avait remarqué. Schoudorff a passé la main droite entre nos deux têtes. Dedans il y avait une sorte de talkie-walkie, une radio minuscule de couleur kaki.

« Nous vous suivons. Vous ne changez pas d'itinéraire. Répétez-le-moi. »

Le père de Fernand a récité des noms de rues comme un écolier. Il avait une voix comme un tissu déteint. Je me suis tourné vers lui car j'ai eu l'impression qu'il parlait à travers un mouchoir mais il n'y avait pas de mouchoir.

« Très bien. Tout va bien se passer. Si vous cherchez à prendre

1. Marque de voitures suédoises.

la fuite nous ne vous poursuivrons pas. Je transmets simplement un ordre avec la radio et Fernand Baamri sera exécuté immédiatement. »

Cela sentait bon à l'intérieur de l'auto. Il y avait un petit ours qui pendait devant le pare-brise, un ours avec une raquette de ping-pong minuscule. Je me suis demandé qui l'avait acheté, du père ou du fils.

Schoudorff a regardé le rétroviseur intérieur et nos yeux se sont croisés.

« Tu sais ce que tu as à faire. »

J'ai fait oui avec la tête et il est sorti. J'ai entendu le claquement de la portière et il a rejoint les autres dans la Volvo.

Baamri a décollé ses mains du volant et j'ai vu qu'elles étaient mouillées, il ruisselait de sueur. Il a montré mon genou de son index.

« C'est son costume ?

– Non, c'est le même modèle. »

Toujours la même voix. Elle parlait de très loin, du centre de son corps.

« Comment va-t-il ?

– Bien.

– Ils vont le relâcher ?

– Ils l'ont dit. »

Il a mis le contact et le moteur est parti tout de suite. L'ours vibrait légèrement au bout de son fil.

On a décollé du trottoir et on s'est mis à rouler. C'était une avenue large et il y avait très peu de monde.

Un camion a surgi. Un semi-remorque peint en vert. Baamri a frémi et déboîté. Pourtant je savais qu'il ne faisait pas attention à la route, c'était son corps qui conduisait tout seul. Il a clignoté et s'est engagé sur une sorte d'autoroute. La Volvo était à trente mètres.

« Comment vas-tu faire ?

– Pour quoi ? »

J'ai vu sa glotte[1] monter et faire bouger le nœud de cravate.

« Pour tuer le président. »

Je n'ai pas eu envie qu'il sache que j'avais un revolver, je ne sais pas pourquoi.

Tout à coup il a eu les joues arrosées. Je voyais les gouttes couler jusqu'à ses lèvres.

Elles coulaient sans arrêt, c'était comme une digue qui aurait crevé et tout le lac des larmes se répandait.

On s'est fait doubler par des voitures très serrées les unes derrière les autres, l'une a lâché un coup de klaxon, une Talbot[2] noire avec le toit ouvrant. L'aiguille marquait « trente-cinq kilomètres ».

« Allez plus vite... »

Il s'est essuyé les yeux, il avait le revers de son veston taché et je me suis demandé si les larmes laissaient des traces.

« Tu as quel âge ?

– Le même que Fernand. »

---

1. Partie avant du cou en cartilage, saillante chez les hommes.
2. Marque de voitures françaises.

C'était l'ours qui me fascinait.

Très rigolo. Je n'avais jamais vu un jouet si petit. 21 à 18 le dernier score. Je ne le battrais plus, il n'y aurait pas de revanche.

J'ai eu l'indication au moment où elle passait au-dessus de moi : *Porte de Champerret.* Je lisais très vite à présent. C'est à ça que je m'en suis aperçu, à peine quelques fractions de seconde et j'ai pu déchiffrer.

« Tu ne pourras pas le tuer... »

Je savais ce qui se passait dans sa tête. Si je tuais le président il croyait qu'il allait revoir son fils, il souhaitait que je le tue mais en même temps il ne le voulait pas parce qu'il le connaissait et qu'il serait pris comme complice et c'est là que j'ai vu qu'il était petit. Cela ne m'avait pas frappé en entrant mais il a bougé et j'ai remarqué qu'il était assis sur un coussin.

Dehors, les rues se sont resserrées. C'était la ville à présent. Les gens avaient des manteaux et marchaient vite.

« Vous avez parlé ensemble ?

– Oui, on a joué au ping-pong. »

Je ne sais pas pourquoi j'ai dit cela, c'est sorti tout seul.

Il a fallu s'arrêter parce qu'il y avait toute une file de voitures devant nous avec un feu rouge tout au loin.

Je ne voyais pas la Volvo derrière nous mais je savais qu'elle était là.

« On va arriver ? »

Les larmes ont recommencé, et cette fois il n'est pas arrivé à répondre. De toute façon ce n'était pas utile, tôt ou tard on descendrait de la voiture et je savais que ma tête tournait trop lentement. On a avancé et le feu s'est mis au rouge juste devant nous. Une femme a traversé. Elle avait une fourrure et des bottes avec des talons très hauts, elle marchait le menton levé comme si le froid était un ennemi qu'elle arrivait toujours à vaincre.

Au coin il y avait un marchand de journaux et toutes les couvertures étaient en couleurs. C'était une ville heureuse.

Je me suis souvenu que Fernand voulait me montrer les monuments. Je n'en avais vu aucun encore.

Quand il a redémarré, l'idée m'est venue que s'ils m'avaient menti pour Fernand ils pouvaient me mentir pour autre chose.

« Il y a des grilles ?

– Où ça ?

– Là où nous allons. Une pelouse avec des grilles au bout...

– Oui. »

J'ai regardé ma montre sans voir l'heure. Baamri a tourné dans une avenue et j'ai vu des policiers avec une fourragère[1].

« Mets ça dans ta poche. »

C'était une carte d'identité.

Nom Baamri, prénom Fernand, né le 6 mai 1974 à Bezons. C'était une photo qui était collée avec un tampon très épais et un autre en relief.

Je me suis retourné complètement pour mieux voir. La rue

1. Ornement militaire formée d'une tresse agrafée à l'épaule et qui entoure le bras.

était longue mais il n'y avait plus de Volvo. Ils avaient dû nous abandonner.

« Il faut que je te donne la main en entrant... »

Une place. Des vitrines très larges et des arbres sans une seule feuille. Entièrement noirs, comme peints avec de l'encre. Des cars de police et une porte immense, très belle et j'ai vu la cour à moitié pleine de monde. Il y avait des enfants, comme dans une école, qui montaient les escaliers avec leurs parents. Tout allait se passer très vite à présent.

J'allais tuer cet homme. Je me suis souvenu que j'avais vu son portrait en couleurs tout à l'heure au milieu des autres lorsque nous étions arrêtés au feu rouge. Ce n'est qu'ici que je m'en étais aperçu.

C'est un motard qui nous a indiqué l'endroit où nous garer. Il avait des bottes brillantes, un baudrier[1] et un casque très blanc.

J'ai mis le manteau qui se trouvait entre nos deux sièges et Baamri a seulement noué une écharpe. J'ai pensé que cela cacherait les marques de larmes sur le devant de sa chemise.

Je suis descendu et tout m'a paru immense. C'était une cour comme dans un château. Beaucoup de vitres et on voyait la foule à l'intérieur. Le jardin devait être de l'autre côté.

Deux hommes se sont approchés et Baamri a montré ses papiers. Ils lui ont demandé d'ouvrir le coffre et de soulever le capot et l'un des deux a cligné de l'œil vers moi. Ils devaient

1. Bande d'étoffe ou de cuir qui se porte en bandoulière et supporte un sabre ou une épée.

avoir des holsters[1] d'aisselle. Ils faisaient bien leur travail mais ils étaient inutiles parce qu'ils ne croyaient pas à un attentat. Cela se voyait à leurs yeux.

Il y avait trop de fête et d'enfants pour que cela puisse arriver.

J'ai senti la main de Baamri qui prenait la mienne et il a serré. Il ne me regardait pas et je sais qu'à ce moment-là il a fait exactement comme si j'étais son fils et je pense qu'il le croyait.

Nous nous sommes mis derrière une file de gens et nous avons grimpé les escaliers très larges. J'ai vu un soldat qui passait dans un uniforme ancien avec un plumet[2] rouge très haut au-dessus d'une sorte de casquette et puis nous sommes entrés dans le hall et il a fait très chaud tout de suite.

Une queue s'est formée et, derrière une table, des hommes vérifiaient sur des listes. Baamri a montré sa carte et moi la mienne. L'homme a coché nos noms sur la feuille et il a dit quelque chose en souriant. Je n'ai pas compris quoi parce qu'il y avait du bruit et que je regardais deux garçons juste en face de moi. Ils se connaissaient et riaient exactement comme j'avais ri avec Fernand.

Cela ne m'arriverait plus d'être ami avec quelqu'un comme je l'avais été avec lui. On n'avait pas eu beaucoup de temps pourtant. Eux, ils en avaient tant qu'ils voulaient. Peut-être ils jouaient au ping-pong.

---

1. Étuis qui se portent en bandoulière et qui servent à transporter des armes à feu en les dissimulant sous une veste.
2. Touffe de plumes ornant une coiffure militaire (ici, costume de la Garde présidentielle).

J'ai dégagé ma main de celle de Baamri mais j'ai continué d'avancer dans la foule, et je suis arrivé dans une pièce immense, très haute, avec des sculptures d'or et des peintures au plafond, tout sculpté et un parquet glissant.

Les deux garçons étaient devant moi et un des deux bougeait sans arrêt, c'était comme une danse sur place, et quand il s'est retourné c'était Fernand. Il avait le cou brisé, sa tête formait un angle avec son épaule et du sang coulait sans arrêt de l'oreille et j'ai entendu la voix du fedayin qui était revenu de l'une des batailles de Rachidyeh. C'était le soir et beaucoup avaient été tués. Il avait dit que la mort n'était jamais rapide, il ne fallait pas le croire, on le disait mais c'était faux. Il fallait toujours du temps et c'est pour cela qu'il avait peur. Peut-être n'y avait-il pas eu pour Fernand de temps pour mourir puisqu'ils l'avaient tué endormi.

Je me suis retourné. La salle était presque pleine. Les enfants s'asseyaient. Cela a fait comme une vague et j'ai vu l'estrade de velours contre le mur.

J'ai senti quelque chose qui se cassait en moi comme si on m'avait aussi brisé les os de la tête et j'ai fait demi-tour.

J'étais à contre-courant mais je me suis retrouvé facilement devant la porte que j'avais franchie pour entrer.

Ils étaient deux qui bloquaient avec le même costume noir.

« Où vas-tu ? »

Je n'ai pas répondu. J'ai senti la crosse du Zastava sous mes doigts. Le pan de la veste cachait ma main.

« Viens, je vais te montrer. »

Il s'est écarté et je l'ai suivi. Un couloir très large et silencieux avec des tapis.

« Voilà. »

Une pièce de marbre avec des portes. Il croyait que je voulais uriner. Il avait des ordres pour être gentil mais il ne l'était pas vraiment. Pas jusqu'aux yeux.

« Tu sauras retrouver la salle ? Dépêche-toi, ça va commencer.

– Merci. »

Je suis entré. C'était du marbre aussi, plus foncé, avec des traînées noires et grises. Le rouleau de papier était protégé par un couvercle blanc. Je n'avais jamais vu quelque chose d'aussi propre.

Le mal de tête est revenu.

J'ai craché dans la cuvette et sorti l'automatique.

Ils avaient été trois dans ma vie qui m'avaient fait bouger le cœur. Smahane, Fernand et le pistolet. Il était le dernier.

J'ai vérifié le glissement de la balle dans le canon. L'image de M. Baamri est apparue mais je l'ai chassée.

De toute façon je ne pouvais plus rien pour lui ni personne.

J'ai tiré la chasse d'eau, remis le cran de fixation de mon Zastava dans ma ceinture et je suis sorti.

BIEN LIRE

CHAPITRE 14

- **Que se passe-t-il si le père de Fernand s'enfuit ?**
- **Quelle est l'idée qui vient à l'esprit du narrateur après un feu rouge quand la voiture redémarre ?**
- **Quelle est l'année de l'action sachant que Fernand est né le 6 mai 1974 ?**
- **Devant l'Élysée, deux hommes s'approchent de la voiture et demandent quelque chose à Baamri. Que lui demandent-ils ?**

15

Les tapis étaient élastiques sous ma semelle. Les deux hommes en noir tenaient leurs mains derrière leur dos exactement de la même façon. Ils ne m'ont pas vu. Ils étaient face à la pièce où se trouvait le public. Les lustres brillaient car il faisait sombre dehors, ils pendaient comme des larmes d'argent. J'ai tourné sur la droite et je suis arrivé dans le hall d'entrée. Il y avait encore du monde, mais beaucoup moins. Des gens en retard. Une des femmes derrière la table m'a regardé, un visiteur s'est mis devant elle et lui a bouché l'angle de vision. À la porte, un des policiers riait avec un groupe d'hommes en pardessus. J'ai dit « pardon » et je suis sorti. Personne ne m'a rien dit. J'ai senti le froid tout de suite en traversant la cour ronde.

D'autres voitures arrivaient et sortaient, une D.S.[1] noire avec un toit plus clair. Cela a fait comme un embouteillage et je suis passé en frôlant l'enjoliveur[2] chromé[3]. J'ai tourné sur la gauche. Il y avait des magasins en face avec des mannequins en robe de cuir dans les vitrines. J'ai encore tourné à gauche et j'ai longé de très hauts murs et là c'était presque désert. Cela devait former comme un carré et si je tournais encore je verrais les grilles et c'est là que tout pourrait se jouer. Je marchais vite et le froid est parti de ma peau. Il est resté à l'intérieur mais il y resterait toujours à présent.

1. Modèle de voitures de la marque Citroën (1955) qui étaient utilisées comme voitures officielles.
2. Sorte de couvercle en acier qui protége et cache le moyeu (partie centrale des roues).
3. Recouvert de chrome. Protection inoxydable.

Je ne connaissais pas le nom de ces arbres. Ils étaient très hauts, très vieux sans doute… Les nôtres, en Palestine, étaient différents. Beaucoup moins grands, plus contorsionnés, d'une couleur de poussière… Je ne les reverrais plus parce qu'après ce que je venais de faire, je ne pourrais plus retourner. Ahmed s'occuperait de Smahane s'il devenait moins fou en grandissant et ce serait tout… Fathia savait se débrouiller seule.

La rue tournait, le mur avec elle. J'ai changé de trottoir et j'ai vu les grilles assez loin encore.

Il y avait des voitures en stationnement mais pas la Volvo. Cela ne voulait rien dire, ils avaient pu en changer. J'ai accéléré un peu. En me plaçant derrière les voitures, ils ne me verraient pas avancer.

De l'autre côté, des hommes marchaient de long en large. Ils avaient des pardessus sombres et lourds, et étaient nu-tête.

J'ai vu une dame venir vers moi, cela formait une allée étroite et elle tenait en laisse un chien très petit, de la taille de Mahouk, celui qu'Ahmed et les autres gosses torturaient. Il était gris et frisé, je n'en avais jamais vu de cette race. Nous nous sommes croisés et elle ne m'a pas regardé. Ses cheveux étaient presque bleus et aussi frisés que le poil de son chien. J'étais dans le bon sens ; l'arrière des voitures était tourné vers moi. Si j'avais de la chance ils ne me verraient pas venir.

Quelque chose clochait. Je le sentais mais je ne réfléchissais pas assez vite pour savoir quoi.

C'était aussi bien ainsi. Ce n'était plus le moment.

De loin, en diagonale, à travers les barreaux, j'ai vu le parc. C'est celui que j'aurais dû traverser en courant. Les barreaux étaient très hauts et finissaient comme des lances avec une pointe dorée... Ils étaient infranchissables.

Plomberie Zénith. Dépannages en tout genre.

En lettres bleues sur le flanc de la camionnette, il y avait un numéro de téléphone en dessous et une adresse que je n'ai pas lue. Elle était stationnée presque en face. À dix mètres sur la gauche. L'Allemand devait être dedans, avec le Chinois. S'ils n'avaient pas menti ils m'attendaient.

Regarde-moi, Fernand. Tu vas voir ce que je sais faire.

J'ai entendu le bruit de l'ouverture d'une portière derrière moi et il est sorti. C'était l'homme du camp, celui qui m'avait demandé si je voulais être un combattant de l'islam et acheté à l'oncle[1].

Il a fait un mouvement avec les lèvres et sa moustache a bougé. Elle m'a paru plus fine que la dernière fois.

« Monte. »

Le hayon[2] de la camionnette s'est ouvert et je suis monté.

Il faisait sombre mais j'ai vu Schoudorff et la longue carabine. Elle était près de lui et le Chinois était couché à l'avant sur le plancher pour ne pas être visible de l'extérieur.

« Raconte. »

J'ai senti la salive dans ma bouche et j'ai cru que j'allais uriner dans mon pantalon.

---

1. « Et m'avait acheté à l'oncle. »
2. Porte arrière d'une camionnette pouvant se soulever.

« Il n'est pas venu. »

L'homme du camp a compris plus vite que les autres. Schoudorff a remué pour cacher l'arme avec sa hanche. C'était une Heckler[1] de compétition avec lunette[2] et crosse orthopédique[3]. C'est avec elle qu'il m'aurait tué.

« Le président ?

– Ils ont dit qu'il n'assisterait pas à la fête. C'est sa femme qui donne les cadeaux. Je suis parti. »

J'ai entendu le bruit de leur respiration. C'était un espace très petit qui sentait le fer.

« Démarrez », a ordonné l'officier.

Il est descendu. Le jour est entré à l'intérieur brutalement et, dans l'entrebâillement, j'ai vu les hommes en pardessus noirs qui se tournaient vers nous et le Chinois a mis le contact.

Tout a vacillé et ma hanche a heurté la paroi. J'ai vu le paysage pivoter et les pneus ont crissé. Je me suis demandé si l'homme du camp aurait le temps de courir à sa voiture.

« Fonce ! » a hurlé Schoudorff.

En tournant, un rayon de lumière est entré par un trou percé sur un côté. C'est par là qu'il devait viser pour me descendre à travers les grilles.

« Couche-toi. »

J'ai senti sa main sur ma nuque et c'est là qu'il aurait dû me tuer.

---

1. Heckler et Koch : manufacture d'armes autrichienne.
2. Viseur de précision d'une arme à feu.
3. Crosse adaptée à la morphologie du tireur (on dit plutôt : crosse anatomique).

Tout vibrait. La camionnette a tourné deux fois et j'étais collé à Schoudorff. J'ai dégagé ma main et j'ai enfoncé le canon dans son ventre comme si je voulais le percer avec un couteau. J'ai raidi le bras et l'explosion a soulevé tous ses boyaux sous la chemise. Le Chinois n'a pas bougé, avec le bruit du moteur il n'avait pas dû entendre et à bout portant le bruit s'étouffe.

J'avais le temps de le tuer à présent. Un homme avec une balle dans les tripes ne bouge pas.

Sa tête était à dix centimètres de la mienne et j'ai eu envie de lui tirer la deuxième dans sa bouche molle pour la faire éclater. Je me suis écarté pour que le sang ne tache pas mon costume et j'ai attrapé la crosse de la carabine. Elle était coincée sous lui et je ne suis pas arrivé à l'avoir. Je voulais le finir avec elle, cela m'aurait économisé une balle de mon chargeur.

« Merde ! »

Le Chinois a pilé et je me suis dressé sur les genoux. La rue était bouchée. Il s'est collé sur la droite, a éraflé un pare-chocs, s'est garé en double file.

Il a arraché la clef et s'est tourné vers l'arrière.

Regarde bien, Fernand. Comme dans les films.

J'ai tiré à deux mains, droit dans la tête. C'était un vrai chat ce petit pistolet, doux et rapide. J'ai toussé à cause de la poudre et j'ai vu sa tête partir deux fois en arrière comme sous des gifles, un bout d'os a griffé ma main. Je me suis redressé et mes semelles ont glissé dans le sang de Schoudorff. Il y en avait tellement que j'ai pensé qu'il avait dû se vider entièrement. Il y avait des bruits de klaxons assourdissants tout autour.

J'ai tiré le corps du Chinois vers l'intérieur pour qu'on ne le voie pas par les vitres. Il avait les deux balles dans le crâne mais il vivait toujours. Dans le mouvement qu'il a fait en tombant, le magnum a coulé de sa ceinture et j'ai pensé les achever avec mais c'était un trop gros calibre, un Contender 357 qui faisait un bruit de canon.

Je lui ai retiré le blouson. C'était facile car il était large. Je l'ai enfilé. Bien sûr il était trop grand pour moi, mais cela n'avait guère d'importance : j'aurais chaud, cela faisait comme une grande veste de couleur. Il suffisait de retrousser les manches. Il y avait un portefeuille dedans et les billets ont crissé sous mes doigts : c'était parfait car il me faudrait de l'argent.

Les klaxons faisaient maintenant comme un son unique, continuel. J'ai ouvert la porte, juste l'espace suffisant pour me glisser et je suis sorti. Des piétons parlaient tout près de moi mais on n'entendait pas ce qu'ils disaient tant le bruit était fort.

J'avais un blouson chaud, de l'argent et encore trois balles. Tout était parfait.

J'ai pensé que je portais le vêtement que Fernand aimait. Il m'avait dit le nom de l'acteur qui avait le même mais je l'avais oublié. C'était un Américain.

Je crois que c'est à partir de ce moment que j'ai pris l'habitude de faire comme si Fernand était avec moi. On allait se balader dans Paris et voir les monuments et mon mal de tête avait disparu.

J'étais très bien et je marchais vite. J'ai pris une rue en pente et j'ai vu le fleuve devant avec un pont. C'était magnifique et on s'est arrêtés pour regarder quelques secondes. Je n'avais rien vu de pareil mais le plus beau a été quand on a débouché sur le quai parce que de l'autre côté de la rive, au-dessus des maisons, il y avait la tour Eiffel.

On aurait le temps de se balader parce que tout dépendait de Baamri, en voyant qu'il n'y avait pas eu d'attentat il a peut-être pensé à appeler la police mais il ne l'a pas fait par crainte de ne plus revoir Fernand.

Ils trouveront les deux dans la camionnette, mais ceux-là ne parleront plus. Et personne n'a mes empreintes.

Ici, c'était magnifique. Tout était vaste. Même le ciel. C'était la même couleur que le fleuve mais plus clair. Gris foncé pour l'un, gris léger pour l'autre. Avec la tour noire et un palais blanc en face.

Je pouvais même prendre le métro si je voulais. Je connaissais la carte par cœur avec tous les changements mais ce n'était pas la peine, je n'avais pas envie de descendre sous terre, c'était très beau dessus et je pouvais marcher sans fatigue pendant des heures si je le voulais.

C'était le palais que je voulais voir. Ce n'était pas loin. J'ai marché avec les gens pour traverser et personne n'a fait attention à moi. Il y avait un immense bassin avec des têtes de taureaux toutes dorées et de l'eau qui coulait très violemment comme si elle sortait de plusieurs canons. En haut des marches de marbre, une grande statue de bronze levait un bras et des phrases étaient écrites en lettres d'or. Sur les côtés cela formait un parc avec des arbres.

J'ai suivi une allée. J'étais seul avec encore une femme qui promenait un chien plus petit que le premier. J'ai attendu qu'elle soit passée et j'ai vérifié le portefeuille.

Je savais qu'il y avait de l'argent mais je n'aurais pas cru autant. J'ai compté vingt-cinq billets de cent francs français. Ni papiers ni photos. Cela voulait dire que le Chinois était un tueur. Sinon il aurait eu une fausse carte ou un faux passeport. J'ai tout rangé et tiré la fermeture Éclair.

Je suis revenu vers les escaliers et j'ai entendu des rires d'enfants : il y avait plein de patineurs et c'était très beau à voir.

J'ai dû rester longtemps à admirer. Ils ne faisaient aucun bruit car les roues étaient caoutchoutées. Certains avançaient à l'envers, très vite, en dessinant des courbes. Des acrobates joyeux. En bas, c'étaient les ponts et les voitures, petits, qui commençaient à s'allumer une après l'autre. Fernand devait connaître cet endroit. Je ne savais pas s'il faisait lui aussi du patin, il ne m'en avait pas parlé.

Lorsque j'ai détaché les yeux du spectacle, la nuit était presque tombée, elle descendait vite, presque autant que dans le désert. Avec les lumières tout est devenu encore plus beau.

J'ai traversé une esplanade[1] bordée de femmes dorées et j'ai pris une des avenues au hasard. Je n'avais pas très faim mais lorsque j'ai vu la boulangerie je me suis arrêté. Elle était illuminée et, sur les étagères de verre tout éclairées, c'était rempli de rangées de gâteaux multicolores. Sans sortir le portefeuille j'ai pris un billet à l'intérieur. Je ne voulais pas qu'on sache que j'avais tant d'argent sur moi.

Il n'y avait pas grand monde. J'ai pris mon temps et j'ai choisi, je ne savais pas les noms, alors j'ai montré du doigt ce que je voulais.

La dame avait une blouse blanche et une chaîne d'or. Elle ne regardait pas ce qu'elle faisait, elle était pourtant très habile pour faire le paquet et lier une sorte de ficelle légère tout autour. J'ai tendu le billet, repris ma monnaie et suis sorti. J'ai eu soudain plus de salive que d'habitude. Et j'ai déchiré le papier. J'ai tout mangé en marchant. C'étaient des gâteaux moins sucrés que chez nous mais très bons.

J'ai roulé le papier et la ficelle plate et les ai mis dans la poche du blouson pour les jeter plus tard dans une boîte et tout d'un coup j'ai débouché sur une avenue très large aux arbres pleins de neige brillante. J'ai reconnu l'Arc de Triomphe tout en haut et c'était plus beau que tout. J'ai fermé les yeux et Fernand est venu. Les gens passaient et repassaient près de moi, ils avaient des parfums de fête et leurs visages brillaient. J'ai regardé l'heure à ma montre, il était cinq heures dix.

---

1. Vaste espace aménagé devant un édifice de façon à en dégager les abords.

Je me suis demandé si Schoudorff et l'autre étaient morts et si on les avait trouvés.

BIEN LIRE

CHAPITRE 15

- **Quelle idée vient à l'esprit du narrateur quand il voit les arbres après s'être échappé ?**
- **De quelle nationalité sont les deux hommes qui sont dans la camionnette ?**
- **À qui l'enfant va-t-il parler tout en exécutant ses actes ?**
- **Quelles sont les suppositions de l'enfant quand il voit un trou dans la carrosserie ?**
- **Quelle est la somme dont l'enfant dispose après avoir pris le blouson ?**
- **Depuis combien de temps le jeune garçon est-il sorti de l'appartement ?**

16

C'était une chaleur douce et rose.

Sur les murs, de chaque côté, des demi-lustres immenses avec des perles de larmes brillantes comme à l'Élysée.

Ils éclairaient à peine... De part et d'autre du long rideau, des coupes avec des fruits de verre colorés éclairés de l'intérieur... J'ai pensé aux gâteaux dans la pâtisserie avec cette sorte de crème mousseuse. Le fauteuil où je me trouvais était sombre, très doux aux doigts, la fourrure souple... et très peu de bruits. Des gens parlaient très bas dans une rangée derrière, il y avait une voix d'enfant parmi eux.

C'était pour cela que j'avais choisi cette file devant la caisse : il y avait des enfants. Je serais moins remarqué. Dans la salle, une femme m'a pris mon billet et m'a demandé où je voulais m'installer. J'ai choisi une place devant, dans les premiers rangs, car il n'y avait personne, je lui ai donné de l'argent comme je l'avais vu faire à d'autres qui attendaient avant moi et je me suis installé.

À quatre fauteuils sur ma gauche un homme est venu s'asseoir. J'ai retiré ma main de la crosse parce qu'il était très vieux. Il a été long à prendre place. Il n'arrivait pas à retirer son pardessus. Il avait une toque de fourrure comme un Russe et soufflait très fort pour respirer. Si Amzane disait que même un vieillard pouvait être un danger. Les Israéliens se servaient de femmes enceintes pour leurs contacts au Liban et en Irak. Mais celui-là était un vrai vieux sans histoire. Il venait au cinéma parce qu'il était seul. C'était tout. J'ai pensé que sa femme était morte.

Plus tard, il faudra que je réfléchisse. J'attendrai d'avoir dormi et je saurai mieux que faire. Je ne pourrai pas marcher toujours dans les rues.

D'abord, le cinéma. Cela va chasser l'image du drap avec son corps dessous.

Elle revient toujours.

Elle est revenue quand j'ai tué le Chinois. Elle est repartie avec les patineurs et le fleuve gris, si beau, si plein de reflets de lumière. Il est sous le drap où il rit, très vivant comme il l'était. Il faut que je l'installe dans le fauteuil à côté de moi. J'ai senti le pincement sur le crâne, cela ne m'était plus arrivé depuis longtemps.

Le rideau s'est écarté et l'écran était immense, un grand rectangle. Je me suis enfoncé bien contre le dossier très doux et j'ai retiré mes chaussures qui serraient un peu.

Tout de suite, il y a eu une plaine avec d'anciens cavaliers. La musique était très forte avec des tambours de guerre et des hommes attaquaient un château très vieux, presque cassé.

Les lettres gênaient pour voir le combat, c'était le titre et les noms, ceux qui avaient fait le film. Peut-être dedans il y avait l'acteur qui portait le même blouson que moi. Et puis les lettres ont cessé de descendre en bas de l'écran et l'histoire a vraiment commencé et c'était admirable parce que la salle a disparu, la camionnette et le sang de l'Allemand.

J'ai serré le bras de Fernand sur l'accoudoir et j'ai senti mon cœur frapper sans arrêt. On est entrés à l'intérieur du château et on courait dans les couloirs en même temps que les femmes aux robes fluides[1]... On était éclairés par des torches et les flammes brillaient à travers leur voile. Elles criaient et tout d'un coup elles sont arrivées sur une tour et la plaine était comme le désert avec le ciel de la nuit.

Tout était entrecoupé de visages d'hommes luisants, ils portaient des casques à cornes et des épées... Leurs bras étaient pleins de muscles et de veines saillantes[2]. Je n'ai pas compris pourquoi ils riaient.

Ahmed serait mort de voir cela, mort de peur et de bonheur.

Et puis les femmes étaient prisonnières et on les a enchaînées à des chariots aux roues très hautes et je n'ai pas aimé trop ces passages parce qu'elles étaient assez nues et les hommes autour faisaient des gestes et à ce moment-là j'ai regardé un coin de l'écran où il ne se passait rien. Je ne comprenais pas tout parce qu'ils parlaient vite mais l'histoire était simple : un des bandits qui les avaient enlevées voulait délivrer une des femmes et il trahissait ses amis. Comme moi.

Mais j'ai pensé que moi j'avais cru qu'ils étaient mes amis mais ils ne l'étaient pas puisqu'ils avaient cherché à nous tuer, Fernand et moi. Ils avaient trahi les premiers, Khadidja, l'homme du camp, Schoudorff, le Chinois, tous... Même Si

1. Légères et souples (qui épousent la forme du corps).
2. Qui ressortent. En relief.

Amzane et l'oncle, tous ils m'avaient envoyé à la mort... Après il y avait eu un autre combat, plus terrible encore parce qu'ils étaient tous contre lui, comme ils étaient tous contre moi, et j'ai prié pour qu'il gagne... Pour qu'il les massacre tous et j'ai juré pendant la bataille de les retrouver tous et de lâcher un chargeur dans leur bouche de menteurs...

J'ai senti la sueur qui coulait du front et mes avant-bras étaient complètement raidis comme si c'était moi qui donnait les coups d'épée et de hache. Les coups résonnaient sur leurs habits de fer et il en a tué beaucoup et puis l'histoire s'est compliquée avec une histoire de faucon magique. C'était comme un conte et la musique a changé : elle est devenue douce et longue comme si elle partait du fond de la plaine et envahissait tout, du sommet des montagnes jusqu'au fond des lacs, et on voyait des oiseaux planer longtemps et tout est devenu doux comme la mort et mes bras se sont détendus et l'homme qui avait combattu a embrassé la fille blonde et ils tournaient devant moi sans bouger comme une danse immobile et ils avaient le monde tout autour d'eux, complètement déployé. Après ça s'est arrêté mais je savais ce qu'ils allaient faire, et ça on ne pouvait pas le montrer parce que ça ne pouvait pas être beau comme tout le reste, c'étaient des choses violentes et mouillées avec des bruits comme l'oncle et ma mère sous la tente marabout pendant la nuit quand je ne dormais pas. On dirait que les femmes meurent, elles souffrent et elles meurent et elles acceptent parce qu'elles sont des femmes et qu'elles n'ont pas la force de se battre. J'ai toujours pensé qu'un jour un homme ferait cela à Smahane et je me demandais où elle pourrait fuir, se cacher durant toute sa vie pour échapper, mais c'était stupide elle n'y arriverait jamais car les hommes sont partout et un jour ils lui prendraient le corps, comme aux autres.

Le film ne pouvait pas montrer cela, il faisait croire à des choses douces et agréables et il s'arrêtait avant que commence la souffrance et tout le monde était trompé. Fernand ne savait pas cela, je l'avais compris, il croyait à un jeu, il connaissait des choses que j'ignorais, des choses rapides et étincelantes, mais il ignorait la douleur et les gémissements qui duraient, duraient si longtemps au cours des nuits.

Et puis la lumière s'est allumée et le vieux a eu du mal à se lever du fauteuil... Tous les autres spectateurs sortaient en silence. Le sol de la salle montait doucement, j'ai vu la femme qui m'avait fait entrer et à qui j'avais donné de l'argent. Je savais que je n'aurais pas dû lui parler mais l'idée m'est venue en la voyant.

« Est-ce que je peux rester encore ? »

Elle a ri. Elle portait des cheveux très longs dans le dos.

« Tant que tu veux, c'est permanent[1]. Le film te plaît ? »

Je l'ai remerciée et suis retourné m'asseoir exactement à la même place. Il était huit heures et cinq minutes.

Avant de m'installer à nouveau, j'ai vérifié la place qu'il y

---

1. Un cinéma permanent fait passer le même film sans discontinuer et le spectateur peut rester dans la salle autant de temps que les projections se poursuivent.

avait sous le fauteuil avant qu'il soit baissé et j'ai constaté que ça pourrait aller. Je pourrais y rester quelques moments sans bouger et, à condition qu'on ne passe pas dans la rangée, je serais parfaitement invisible des allées latérales[1].

J'avais encore le temps pour cela. Bien que la salle ne soit pas éteinte, plein de très petits films passaient. Ils vantaient des produits pour manger, pour s'habiller, beaucoup de voitures aussi très brillantes et très rapides. Le genre de choses et d'objets qui n'existaient pas dans mon pays. Là-bas, tout était presque sale, abîmé, on vivait entouré de choses usées, rafistolées[2], rouillées, un peu cassées, les couleurs étaient moins vives, même les aliments n'avaient pas ce côté brillant qu'ils avaient là, sur l'écran. C'était peut-être la guerre qui était cause de cette usure, mais il y avait autre chose : les gens ne souriaient pas ainsi pour des riens, ici il leur suffisait de chaussettes neuves ou d'une sorte de sandwich tout rond pour qu'ils éclatent de rire.

D'autres gens sont arrivés, deux personnes se sont mises devant moi et la femme a posé sa tête sur l'épaule de l'homme, ce qui n'aurait pas existé chez nous. Avec Fernand j'aurais pu m'habituer à tout cela, mais seul, ce serait difficile.

Et le film a recommencé. C'était le moment pour réfléchir à tout ce que je devais faire parce que les choses allaient devenir difficiles.

---

1. Allées situées sur le côté.
2. Réparées de façon sommaire, rudimentaire et provisoire.

D'abord, le père de Fernand parlerait, tôt ou tard, et il me décrirait. Ce serait facile pour la police de me retrouver.

Il faudrait que je me trouve une cachette assez loin de Paris. Ils essaieraient de me tuer bien sûr, ils savaient que je voulais tuer leur chef et même ils pouvaient croire que j'avais aidé Khadidja pour Fernand. Ils ne me croiraient pas parce qu'on ne croit pas les enfants et que j'avais un revolver. Pour eux j'étais un terroriste[1].

En plus je ne pouvais pas retourner avec les miens parce que je n'avais pas accompli le travail et même j'avais tué deux hommes. Je savais que peut-être tout cela n'avait pas de rapport avec la Palestine. Des vieux en parlaient dans le camp avec des fedayins ou des fedayins entre eux : il existait des groupes qui se battaient pour eux-mêmes ou que l'on payait, l'argent venait d'ailleurs, d'autres pays, il y avait des Allemands comme Schoudorff, des Italiens, ils posaient des bombes ou tuaient mais c'était sans rapport avec nous.

Peut-être c'était un de ces groupes qui m'avait acheté mais Arafat ne savait rien. Peut-être il était contre, je ne pouvais pas le savoir non plus. Ils avaient besoin d'un garçon arabe et ils m'avaient fait croire que la cause était bonne. Possible.

Le duel. J'aimais bien ce passage mais un film n'est pas fait pour être vu deux fois. J'aurais pu sortir et entrer dans un autre cinéma mais j'étais assez fatigué. Peut-être dans un autre je ne

1. Membre d'une organisation pratiquant le terrorisme (actes de violence destinés à créer un climat d'insécurité et à déstabiliser un pouvoir en place).

pourrais pas me glisser sous le fauteuil. Les chiffres de la pendule brillaient dans l'ombre. Il était près de onze heures. Lorsque le film s'est terminé j'ai compris que cette fois c'était la dernière séance. Il y avait un couple à trois fauteuils de moi sur la même rangée. Ils s'étaient embrassés quelquefois pendant le film, je les avais vus, sans avoir à bouger les yeux de l'écran. Je me suis retourné vers la salle pendant que le rideau se refermait. Tous étaient debout et chacun remettait son manteau, la plupart des gens étaient tournés vers la sortie. Il ne fallait pas attendre. Je me suis baissé comme pour ramasser quelque chose, en remontant les genoux sur ma poitrine et je me suis encastré sous le siège.

Je n'avais pas un centimètre pour bouger.

La partie du fauteuil qui se rabattait m'appuyait sur l'épaule. Je voyais les pieds des fauteuils alignés à perte de vue et ceux des gens qui bougeaient à peine, tout était très ralenti. Personne ne m'avait vu.

Il y a eu du bruit assez longtemps... Une rumeur de voix comme s'ils ne se décidaient pas à quitter cet endroit. Peut-être était-il impossible de lâcher vite ce lieu, on ne pouvait que marcher doucement comme si de longs fils élastiques et invisibles reliaient encore les jambes et les épaules de spectateurs à l'écran, comme si le film durait encore...

Et puis un silence et deux femmes ont descendu l'allée centrale. Elles parlaient assez fort mais leurs voix étaient comme étouffées par l'espace. Il m'a semblé que les lumières étaient devenues plus fortes. Elles se connaissaient parce que l'une a dit :

« Tu devrais lui doubler le manteau avec du molleton[1], c'est rien à faire. »

L'autre a répondu qu'elle n'avait pas le temps d'ici le réveillon, surtout qu'elle avait le repas à préparer en plus, avec toutes les courses à faire.

« Il ne t'aide pas ?

– Il rentre trop tard. Hier il est arrivé en taxi, le métro était fermé. »

Je ne pouvais les voir de l'endroit où je me trouvais. Et puis je n'en avais pas envie. Si elles me trouvaient il y aurait deux solutions : je dirais que je m'étais endormi ou je leur montrerais le revolver et sortirais facilement. Cela dépendait de leur attitude, on ne pouvait pas prévoir. J'ai vu les pieds de celle qui marchait le plus près. Elle n'avait pas de talons, des sortes de bottes plates et sombres. Une porte s'est ouverte assez loin et celle qui avait beaucoup de courses à faire a appelé « Maurice » plusieurs fois. Il n'a pas répondu et l'autre a dit :

« Mais qu'est-ce qu'il fait ? »

Elles ont recommencé à appeler et tout d'un coup les lumières ont baissé et se sont éteintes.

Elles ont ri et je n'ai pas compris pourquoi. Et je les ai entendues parler avec un homme mais très loin... Elles devaient se trouver derrière plusieurs épaisseurs de portes fermées.

Je suis sorti de ma cachette. Il faisait bon dans le noir. J'avais des heures à dormir. J'ai roulé le blouson sous ma tête, j'ai retiré

1. Étoffe épaisse de tissu très moelleux, souvent matelassé.

ma veste pour ne pas la froisser et je m'en suis servi comme d'une couverture. Le sommeil m'a pris et j'ai serré la crosse dans ma paume. Je sentais tous les petits quadrillages contre ma peau.

À huit heures, des lumières se sont rallumées et il y a eu un ronflement très doux mais très puissant et un homme a parlé dans une langue que je ne connaissais pas... Espagnol ou portugais. Des portes ont dû s'ouvrir parce que j'ai senti un air froid qui passait sur moi. Sans me lever je me suis rhabillé et j'ai rampé jusqu'à l'allée. Un type avec une blouse bleue très luisante passait l'aspirateur dans les escaliers qui donnaient sur la rue. Je me suis levé. J'ai marché vers lui, je l'ai dépassé et j'ai dit bonjour sans m'arrêter. Il m'a dit bonjour aussi et dans le hall des femmes noires essuyaient les portes vitrées. J'ai reconnu les affiches que j'avais vues hier. La caisse était vide. Je suis sorti en enjambant un seau d'eau sale. Personne ne m'a parlé.

Il faisait froid mais le ciel était très clair et cela m'a fait plaisir. Il y avait déjà du monde, des voitures nombreuses et des piétons. L'Arc de Triomphe était jaune de soleil.

BIEN LIRE

CHAPITRE 16

- **Pourquoi le narrateur se méfie-t-il même du vieil homme qui vient s'asseoir à côté de lui ?**
- **Qui Djilali installe-t-il dans le fauteuil voisin du sien ?**
- **Comment l'enfant se considère-t-il après avoir vu le film et résumé l'histoire : déserteur - patriote - traître - feddayin - terroriste (donnez deux qualificatifs) ?**
- **Combien de temps l'enfant reste-t-il dans le cinéma ?**

17

J'ai acheté quatre choses. Trois petits pains, du chocolat enveloppé dans une sorte de papier métallique. Un carnet de tickets de métro et deux journaux. Je suis descendu dans le souterrain. J'ai pris la direction « Château de Vincennes », je me suis assis sur le quai dans un fauteuil de plastique bleu et j'ai vu dans le bas de la première page de l'un des journaux la photo de la camionnette. Il y avait des tas de gens autour, des policiers en uniforme et on distinguait un coin de brancard[1] et les pieds d'un homme couché dessus.

Le photographe devait être mal placé. Malgré les dos des gens qui masquaient à moitié la voiture, on découvrait tout de même *« Plomberie Zénith. Dépannage en... »*. J'étais content de pouvoir lire. L'article disait que l'un des hommes était mort et que l'autre n'était pas encore en état d'être interrogé, qu'il avait été opéré mais qu'il pouvait mourir d'une seconde à l'autre. On ne savait pas qui ils étaient mais on l'apprendrait bientôt. Un des inspecteurs avait dit que peut-être il s'agissait de membres[2] d'un groupe organisé cherchant à commettre un crime ou un attentat politique, l'examen des armes le révélerait.

Ils mentaient. Cela aussi je l'avais appris. Ils avaient dû faire parler Schoudorff. Ils lui avaient remis du sang dans les veines

---

1. Civière.
2. Chacune des personnes qui composent une société ou une organisation.

et fait des piqûres spéciales. J'aurais dû lui tirer une autre balle dans l'œil. J'avais fait une erreur. Il y avait tellement de sang partout que je l'avais cru vidé.

À présent ils savaient, pour moi. Peut-être Baamri s'y était-il mis, lui aussi, comprenant qu'il ne reverrait plus son fils.

J'ai ouvert le second journal mais il n'y avait rien en première page. Juste l'histoire de la navette spatiale et des accords pour les élections. J'ai trouvé l'article en page deux mais sans photo. Simplement un texte qui disait la même chose que le premier avec cependant une précision : des policiers avaient vu la camionnette stationner devant l'Élysée moins de deux heures auparavant.

S'ils me cherchaient, ils me trouveraient vite. Je ne pouvais pas rester sur ce quai. Une idée m'est venue et je l'ai trouvée bonne. Il n'y avait qu'un endroit où je pouvais être à peu près tranquille, c'était un lieu où se trouvaient d'autres enfants, un très grand nombre. Fernand m'avait raconté que des fois leur maître les emmenait en visite. Mais c'étaient les vacances et tous devaient être dispersés... J'ai décidé de tenter le coup quand même et je suis monté dans le train souterrain.

Il y avait de la place et je me suis assis. J'avais toujours la main sur mon pistolet. En face de moi, en diagonale, une femme m'a regardé. C'était une Chinoise avec beaucoup de sacs près d'elle et entre ses jambes. Elle portait un pantalon de cuir noir moulant. J'étais placé de telle façon que personne ne pouvait me sauter dessus par-derrière. C'était drôle, ce train roulant sous la terre.

Deux hommes restaient debout près des portières et regardaient le noir du tunnel. Tout tremblait. Je sentais la paroi vibrer derrière moi. J'avais laissé les journaux sur le quai, car les enfants ne les lisent pas habituellement. Du monde est monté à « Concorde[1] ». Des gens très blonds avec des sacs rouges sur le dos, très hauts et très lourds. Une femme qu'ils gênaient leur a dit « pardon » deux fois avant qu'ils lui laissent le passage.

Je n'ai rien vu d'inquiétant mais il était difficile de savoir où était le danger. La Chinoise était toujours là, elle pouvait tout d'un coup sortir une arme et me tirer dessus. Je me suis levé et je me suis approché de la barre verticale. Les gens blonds parlaient allemand. On ne pouvait pas me voir du quai parce qu'ils me masquaient. C'était mieux ainsi. Le métro a roulé encore et il est entré dans une autre station[2]. J'ai compris que c'était là bien avant de voir le nom écrit parce que c'était déjà plein de statues comme si on arrivait directement dans le musée.

J'ai retrouvé l'impression d'hier soir devant le fleuve et le palais. Là aussi c'était beau. De façon différente mais très beau. Les lumières douces et les sculptures... Un endroit riche. J'ai monté les escaliers au milieu des autres et j'ai suivi l'indication avec une flèche marquée sur un panneau bleu. Je ne pouvais d'ailleurs pas me tromper : il y avait des cars emplis de gens qui descendaient et beaucoup d'enfants. C'était exactement ce qu'il fallait.

---

1. Station de métro.
2. Station de métro « Tuileries ».

La cour était immense, avec des jardins et des bassins ronds qui s'alignaient. Ils nous battent toujours, quoi que nous fassions... Ils sont trop riches partout, sur leur corps, dans leur ville... À l'infini on voyait les monuments, la rue pleine d'arcades[1]... Il y avait des statues jusque sur le bord des toits ; entre les fenêtres, partout... Et contre ça on ne pouvait pas se battre, je ne sais pas pourquoi j'avais cette impression parce que c'est vrai qu'il aurait suffi d'un missile[2] et tout volait mais ce n'était pas vrai, je ne pouvais pas l'expliquer mais je le sentais, les choses ne pouvaient pas mourir ainsi, comme Fernand, il était mort et il ne l'était pas. Il y avait une force dans ces femmes de pierre dressées au milieu des jardins qui me condamnait, moi et les autres.

Je me suis mêlé aux visiteurs et j'ai grimpé les escaliers du musée derrière eux. Devant les guichets j'ai repéré un groupe. Ils avaient mon âge. Avec des filles et des garçons. Je les suivais. Personne ne s'apercevait que je n'étais pas avec eux.

J'ai payé et l'une des caissières m'a donné un ticket bleu qu'un gardien a déchiré tout de suite et nous sommes entrés et c'était dans un rêve.

Une grande salle, géante, qui résonnait des voix et des talons des femmes et, de chaque côté, des statues à moitié couchées qui nous regardaient défiler. Des tombeaux. Comme si les morts soulevaient le couvercle et regardaient passer le monde.

---

1. Ensemble d'arcs et de leurs montants.
2. Projectile doté d'un système de propulsion et guidé entièrement ou en partie durant son parcours.

Peut-être faisaient-ils cela, mais ceux qui l'avaient mérité seulement.

Fernand aussi devait s'appuyer sur son coude et c'est ce sourire-là qu'il devait avoir, comme les Étrusques... C'était écrit en dessous : ÉTRUSQUE[1], ils avaient disparu, c'étaient des anciens... Cela faisait longtemps qu'ils avaient pris l'habitude d'être si tranquilles, si calmes...

Quand on regardait bien il y en a qui avaient l'air de se moquer un peu, d'autres forçaient pour avoir l'air heureux, mais dans l'ensemble ils sentaient la paix en eux, cela se voyait.

Les enfants ne regardaient pas trop ces statues... Ils parlaient. Une fille surtout avec des cheveux bouclés jaunes. Elle disait deux mots et tous riaient.

La femme qui dirigeait le groupe lui a dit quelque chose que je n'ai pas compris, j'ai simplement entendu « Denise ». La voix n'était pas fâchée. Ce nom m'a fait plaisir. Il sonnait dans l'ombre, comme le soir les cloches des chèvres au loin, après que la chaleur est tombée. En haut d'autres escaliers, il y avait une statue incroyable, une femme avec des ailes déployées, la tête avait disparu, mangée par le temps, elle semblait s'élancer vers nous comme un oiseau de pierre. Je suis resté devant mais pas tant que je l'aurais voulu parce que les autres avançaient et j'ai eu peur de les perdre dans la foule et les couloirs. À un moment j'ai vu les cheveux qui bouclaient dans le soleil. Les rayons entraient par une des fenêtres, entre deux statues, et cela

1. Civilisation d'Italie centrale (VIIIe-IIIe siècles av. J.-C.).

formait comme un cylindre diagonal[1] qui coupait la salle en deux. Elle est passée et il y a eu une écume immédiate et dorée autour de sa tête. J'ai accéléré pour les rejoindre et le couloir a tourné, des marches s'offraient et on est descendus.

Sur la gauche, dans la pénombre[2] on voyait un sphinx[3] immense en pierre polie, très brillante, très jolie.

La femme qui avait parlé tout à l'heure leur a demandé de s'approcher et elle a commencé sa leçon mais j'ai vu que Denise n'écoutait pas. Elle avait un nez court et droit et un pli qui creusait sa joue d'un seul côté. Je ne pouvais pas voir la couleur de ses yeux. Elle me donnait une douceur et une envie. J'aurais aimé qu'elle connaisse Fernand... Nous aurions marché dans Paris tous les trois, sur le bord du fleuve gris, près du palais blanc... Ils auraient parlé sans arrêt en riant très souvent et j'aurais su qu'elle nous aimait tous les deux. Il n'y aurait jamais eu plus amis que nous trois et nous ne nous serions jamais quittés jusqu'à la fin de notre vie...

C'étaient encore des tombeaux et là aussi les morts étaient vivants, ils étaient peints sur le couvercle avec des yeux d'or ouverts et des mains jointes.

La grande femme parlait toujours et parfois un des garçons posait une question que je n'entendais pas. Cela formait un sous-sol plein de statues de dieux. Ils avaient des têtes de chacals, de faucons, de taureaux. Denise a parlé en passant devant

1. En biais, oblique.
2. Lumière faible, demi-jour.
3. Statue de lion à tête de femme ou d'animal représentant une divinité.

l'une d'elles et elle a encore fait rire ses amis. Fernand m'a appris que les enfants riaient dans ce pays. Cette nuit je penserai à tout cela, j'imaginerai notre voyage avec Fernand, elle et moi, peut-être en imaginant bien le bonheur on peut en avoir un peu, comme des éclaboussures.

Un instant elle s'est retournée vers une brune en manteau rouge derrière elle, et j'ai vu que ses yeux étaient comme du verre coloré, mais à peine un peu de bleu dans un morceau de glace, rien que la lumière de la joie. Elle ne m'a pas vu et tous ont continué à marcher derrière leur maîtresse et tout d'un coup j'ai compris qu'ils s'en allaient, que pour eux la visite était finie et que je ne la reverrais jamais.

J'ai pensé un moment les dépasser et revenir vers eux. Elle m'aurait regardé elle aussi. À quoi cela pouvait-il servir ? Elle était une fille, c'est tout, avec un pantalon et un blouson pâles... Cela faisait très beau, ce bleu léger des vêtements, des yeux, et tout ce blond, c'était un matin dans un pays tranquille et chaud, sans guerre. L'un des garçons a braillé[1] : « On rentre à Gennevilliers[2] ! » et cela m'a fait une vague dans le ventre, chaude et heureuse. Maintenant je savais où elle habitait et c'est là que j'irais. Ils ne m'auraient jamais. Ni les uns ni les autres, et je vivrais à Gennevilliers, je me débrouillerais près d'elle. Si son âme est comme ses yeux, elle m'aidera.

J'ai remonté encore des escaliers et là c'étaient les tableaux. Il

1. Crié.
2. Chef-lieu de canton des Hauts-de-Seine.

y en avait partout sur les murs rouges... Des scènes de batailles sauvages avec des blessés. On s'apercevait que le peintre n'avait jamais vu de blessés car ils n'ont pas ce geste-là. J'en avais vu pendant des semaines passer sur les plates-formes des camions et la peur rendait leurs yeux fous. Les peintres de ce temps ne peignaient que de faux blessés...

Personne ne faisait attention à moi. J'ai même vu un autre garçon seul. Il s'ennuyait et glissait sur le parquet, loin devant ses parents... Les gardiens sur leurs chaises regardaient l'aiguille de leur montre. Ils étaient inutiles : qui aurait pu voler de pareils tableaux ?

Je me suis assis au centre d'une rotonde[1]. Un grand fauteuil rond encore plus mou que celui du cinéma.

« Ça te plaît ? »

Je n'ai pas répondu. Il avait un air doux et les yeux un peu rouges comme s'il avait saigné du fond des pupilles et que le sang avait caillé[2]. Une veste beige et la cravate, l'écharpe toute beige aussi et il sentait un parfum.

« J'aime mieux les statues. »

Il a ri. Il était vieux, cela se voyait à ses dents qui avaient comme des rides verticales, des fissures.

« Tu viens tout seul au musée ?

– Mes parents sont là. »

J'ai montré de l'index un couple au loin qui arrivait douce-

1. Bâtiment circulaire, souvent surmonté d'un toit en forme de dôme.
2. Coagulé, séché.

ment. Le vieux a hoché la tête et s'est redressé avec un effort. Les reins devaient lui faire mal. Je l'ai mieux vu ; sa peau était très fragile, il allait mourir bientôt et il venait voir des peintures. Il m'a dit au revoir et s'est éloigné en tenant à la main son chapeau beige. Malgré le pantalon, on voyait les genoux qui pliaient à chaque pas. C'était peut-être un amateur d'enfants. Je connaissais bien cela. À Nabatieh l'un d'eux s'était fait chasser à coups de pierre par des femmes qui l'avaient surpris avec la sœur très jeune d'une amie de Fathia. J'aurais dû le suivre, il m'aurait emmené chez lui, j'aurais sorti mon revolver et je l'aurais obligé à m'accompagner jusqu'à Gennevilliers.

Mes pieds battaient le vide tant le fauteuil était haut. Juste en face, dans un cadre très sculpté, on voyait un pays comme je n'en ai jamais vu : des coloris immenses au bord de la mer, des cavaliers regardaient le soleil se coucher et tout était comme un crime long et doux, rouge comme le sang de l'Allemand mais là c'était la vie et elle n'existait pas.

BIEN LIRE

CHAPITRE 17

- **Le narrateur dit : « Contre ça on ne pouvait pas se battre ». Que représente le pronom « ça » ?**
- **Quelle est la vision qui vient à l'esprit de Djilali en voyant les statues des Étrusques et pourquoi ?**
- **Comment Djilali s'y prend-il pour avoir « comme des éclaboussures » de bonheur ?**
- **D'où les enfants qui visitent le musée viennent-ils ?**
- **Les morts des peintures sont-ils bien représentés selon le jeune adolescent ?**

18

J'ai traversé le grand jardin. Sur les bords du bassin rond il y avait un peu de glace, une pellicule mince, par endroits l'eau passait par-dessus. Le soleil allait la faire fondre.

J'ai suivi une allée sous les arbres. Deux hommes couraient, très sportifs, en survêtement, en direction de la place. Tout était large et propre et j'ai vu le fleuve assez loin entre les monuments et cette fois il était presque bleu.

Le jardin était coupé par une rue et je l'ai suivie.

Les chaussures ne me faisaient plus mal et je marchais vite, en faisant de la buée avec mon souffle, et c'est près d'un autobus que j'ai vu la voiture ralentir, après m'avoir dépassé. Les feux se sont éclairés pendant le freinage. Une D.S. grise assez sale. Ils étaient deux à l'avant et la portière avant gauche s'est ouverte alors que la voiture n'était pas arrêtée.

J'ai continué à avancer. Avec une grenade je les aurais eus tous les deux à la fois. L'homme était petit avec une veste en laine à carreaux et il ne me regardait pas. Il est venu droit sur moi sans se presser, avec un air préoccupé comme s'il pensait à autre chose. J'ai entendu le coup de klaxon d'une Honda. La D.S. était en pleine voie et bouchait le passage.

Il a avancé très vite en regardant toujours au loin. J'ai entendu la voix de Si Amzane qui m'avertissait au sujet des gilets pare-balles et j'ai attendu qu'il soit à deux mètres. Cela faisait quatre pas. Je l'ai laissé venir encore plus et j'ai dégagé ma main droite. Le chien du Zastava a accroché la doublure mais je n'ai pas forcé. J'ai ramené l'arme vers mon ventre pour bien la dégager et quand j'ai sorti le flingue il était si près que je lui ai presque touché le menton avec le canon. Il n'a pas eu peur. Il m'a montré ses mains vides en écartant les bras.

« Range ça, Ali, tout va s'arranger. »

Une belle voix. Il a fait un sourire aussi, très franc, très joyeux, mais le chauffeur n'aurait pas dû sortir. Quand il a tourné le torse vers moi, j'ai vu le chargeur dépasser de la crosse. La Honda a klaxonné encore.

Une Jaguar blanche est arrivée en sens inverse et j'ai tiré dans le sourire du flic en bondissant devant la voiture. Le type a braqué en écrasant le frein et a percuté une voiture arrêtée. Cela a fait un fracas énorme et un pare-brise a éclaté en pluie d'argent. Je suis parti en sens inverse à toute allure, en traversant en diagonale, et un car m'a protégé une fraction de seconde.

Je sais courir. J'ai remonté vers le musée avec le bruit des tôles cassées dans les oreilles. J'ai trouvé une voûte et vu le pont mais c'était trop découvert. L'autre devait être derrière moi. S'il tirait en rafale il m'aurait.

Regarde bien, Fernand, comme je m'en sors.

Feu rouge. J'ai trouvé encore deux autobus et les rues étaient plus étroites avec plus de boutiques. J'ai pris à droite puis à gauche et un taxi attendait.

J'ai ouvert la portière. C'était une femme avec un chien à côté. Je lui ai dit bonjour.

« Où je t'emmène ?

– Gennevilliers. »

Elle n'a pas eu l'air étonnée. Elle a mis le moteur.

« Tu as l'air d'avoir couru...

– Je me dépêche je suis en retard. »

Elle a semblé réfléchir. Sa main droite était sur le levier de vitesses mais elle n'enclenchait pas la première.

« C'est loin, ça va te coûter cher. »

J'ai montré deux billets.

« Maman m'a donné de l'argent. »

Elle a vérifié dans le rétroviseur et la voiture a décollé du trottoir.

« Quelle adresse à Gennevilliers ?

– Près de la mairie. »

Je me suis enfoncé dans le siège. On ne pouvait pas me voir de l'extérieur. C'était une 505. Le chien a soupiré.

« Comment il s'appelle ?

– Caïd[1]. »

Un gros chien. Trop gros, il ne devait pas courir vite.

« Il aime se promener en voiture, il adore ça, hein Caïd ? »

Elle a continué à parler, à moi, au chien, il n'y avait pas besoin de répondre, sauf à un moment où elle m'a demandé si j'aimais l'école. J'ai dit oui mais pas trop. Je suppose que cela devait être la réponse la plus ordinaire. J'ai bien fait car après

1. En France, chef de bande (langage familier). En Algérie, le caïd est un fonctionnaire qui cumule les attributions d'administrateur, de juge et de chef de police.

elle m'a raconté l'histoire de gens qui n'avaient rien fait à l'école et qui pour cette raison avaient manqué leur vie.

Le policier m'avait appelé Ali. Cela voulait dire que Baamri ou Schoudorff avait parlé. Ou les deux. Tous me cherchaient à présent. Je ne savais pas si je l'avais tué, je ne l'avais même pas vu tomber. En touchant le canon du Zastava je me suis aperçu qu'il était encore tiède.

Les voitures tournaient sur une place pleine de cinémas. Je n'y serais pas beaucoup allé finalement, juste une fois. Maintenant ce n'était plus possible, tout devait être surveillé. Il y avait un très grand restaurant à l'angle, devant les portes vitrées des hommes en tablier vendaient des coquillages. Je n'en avais jamais mangé mais je n'aurais pas aimé, cela devait être gluant et froid. Il me restait deux petits pains de ce matin et la moitié du chocolat.

« C'est toujours encombré à Clichy, même à trois heures du matin il y a du monde. »

Elle protestait souvent après les voitures, personne ne savait bien conduire sauf elle. Elle était un peu comme les enfants. Elle a pris une rue assez sombre et les passants étaient presque tous des musulmans. C'était une bonne chose pour moi. C'est peut-être là où j'aurais dû aller depuis le début. Je n'y avais pas pensé.

Un très grand pont mais ce n'était pas aussi joli. Il y avait des usines. On arrivait dans les banlieues.

Elle parlait toujours. J'étais heureux qu'elle ne mette pas la radio, on devait parler de moi et je n'aurais pas aimé la tuer. J'avais encore deux balles. Une pour elle, une pour Caïd.

« Voilà... »

Il y avait un chiffre au compteur mais je ne l'ai pas lu. Je lui ai tendu les deux billets et pendant qu'elle cherchait la monnaie j'ai vu le magasin juste en face. C'était une bonne idée. Peut-être que Si Amzane ne l'aurait pas eue. Si le marchand n'avait pas écouté la radio, je pouvais être sauvé.

J'ai pris la monnaie et je suis descendu. Elle a démarré tout de suite et je suis entré dans le magasin.

C'était très grand. Un des plus grands que j'aie vus et il y avait beaucoup de clients, surtout des femmes. La plupart étaient des Marocaines, quelques Kabyles aussi. Les vêtements étaient dans des bacs, tous emmêlés ou sur des mannequins.

J'ai tourné autour des rayons et un vendeur est venu. Il avait une moustache comme les vieux dans les camps. Il avait peur que je vole quelque chose.

« Je voudrais une robe. C'est pour ma sœur, elle a la même taille que moi. »

Il s'est détendu immédiatement.

« Tu es le Père Noël ?

– Oui. »

Il a dit que c'était bien et m'a emmené vers le fond.

« Il faut un manteau aussi, très chaud. »

Il m'a montré des vêtements. J'ai choisi une robe grise, épaisse, en laine.

Il l'a essayée sur moi en la tenant par les épaules.

« Elle lui ira bien. Tu ne veux pas l'essayer ? »

J'ai fait semblant de rire avec lui et il a voulu me vendre un manteau un peu rose en fausse fourrure en disant que les filles aiment ça, que c'était la mode, mais j'ai choisi une sorte de veste longue avec de grandes poches.

« Et pour toi, tu veux rien ?

– Non, je veux aussi un bonnet pour ma mère. »

Il a ramassé et plié ce que j'avais choisi.

« Tu es un bon client. »

J'ai pris un bonnet avec des carreaux, l'essentiel était que dessous on ne voie pas mes cheveux.

« Tu paies en liquide ? »

Je ne comprenais pas ce que cela voulait dire.

« Avec des billets.

– D'accord, en liquide. »

J'ai tout réglé à la caisse. En sortant il y avait un petit éventaire[1] avec plein de bijoux pas chers et j'ai acheté une paire de boucles d'oreilles à pince, des sortes d'anneaux dorés avec une pierre de couleur au milieu.

Cela faisait deux paquets, chacun dans un sac. Il était midi et demi lorsque je suis sorti du magasin.

J'ai essayé de me rappeler où se trouvaient les usines et j'ai marché dans leur direction. Lorsqu'elles seraient fermées, je pouvais trouver le moyen d'entrer et de m'habiller en fille, après tout irait bien. La police avait dû décrire le blouson que je por-

---

1. Étalage en plein air de marchandises, à l'extérieur d'une boutique ou sur un marché.

tais. Je me suis souvenu que le journal télévisé était à treize heures. Je l'avais regardé l'avant-veille avec Fernand et s'ils en parlaient je ne pouvais plus marcher dans les rues avec. Il me restait une demi-heure.

Je suis arrivé dans une rue très laide, toute tartinée de charbon et à peu près au milieu j'ai vu un couloir.

Je suis entré. Toutes les boîtes à lettres étaient cassées, c'était du métal mais on avait essayé de forcer les coins.

Des escaliers s'ouvraient. J'ai pris celui de gauche : la rampe bougeait à chaque marche. Des gens mangeaient derrière les cloisons parce qu'il y avait des bruits de fourchettes. Je me suis arrêté sur le palier et j'ai retiré mon blouson. À l'étage au-dessus un enfant pleurait ou riait, on ne savait pas très bien. J'ai passé la robe. J'ai retiré mon pantalon et mis le manteau noir. Tout de suite j'ai remarqué qu'il était plus chaud que le blouson.

J'ai glissé le Zastava dans la poche, il tenait parfaitement. J'ai fourré mes affaires de garçon dans les sacs et mis alors les boucles d'oreilles. Cela faisait mal et les filles étaient folles d'aimer cela. Denise n'en avait pas. J'ai enfoncé le bonnet, mis l'argent qui restait dans une poche de la robe. J'avais dépensé le quart à peu près. La jupe arrivait à la hauteur de mes genoux, cela faisait un petit morceau de peau à l'air, même si je tirais fort sur mes chaussettes.

Une odeur flottait, peut-être du poisson cuit, une sale odeur. Je suis redescendu et j'ai aperçu les poubelles dans la cour. De grosses caisses orange en plastique. Elles étaient presque pleines mais j'ai mis mes sacs dedans en appuyant. Le couvercle ne s'est pas complètement refermé mais personne ne m'a vu.

Je suis sorti, les mains dans les poches. J'avais laissé mes papiers dans le blouson. Je n'en avais plus mais c'était préférable. J'ai décidé de reprendre mon vrai nom et Smahane comme prénom si on me posait la question.

À présent il ne me restait plus qu'à marcher jusqu'à la nuit, à repérer une cachette pour dormir et demain matin il faudrait que je décide.

Je savais maintenant que les policiers de ce pays cherchaient à me tuer, le chauffeur avait un P.M. et celui sur qui j'avais tiré portait une arme sur lui, c'était sûr. J'avais voulu tuer leur président, c'était normal.

Les autres ne me pardonneraient pas et j'étais seul, contre tous. Fernand était mort, Denise ne me connaissait pas et il restait deux bonnes heures avant que la nuit tombe.

À trois heures un homme est arrivé sur un vélo devant un kiosque à journaux, il est resté assis dessus avec les roues très penchées, le corps en diagonale, et il a tendu un paquet ficelé. J'ai vu ma photo tout de suite, en plein quart de page et un titre sur toute la largeur :

L'ENFANT TUEUR

J'ai fait le tour du pâté de maisons, le temps que le marchand ouvre le paquet et déplie les feuilles. Plein de monde l'achetait. Je me suis approché et j'ai vu que le flic à la veste à carreaux était mort, tué net. Il était indiqué qu'à la page deux du journal il y avait une étude sur l'utilisation des enfants dans le cadre du terrorisme international. On ne parlait toujours pas de Fernand, ils n'avaient toujours pas retrouvé le corps. J'ai pensé à l'homme qui m'avait vendu la robe et le manteau. Il me reconnaîtrait sur la photo et mon déguisement ne servirait à rien s'il prévenait les flics. Ce que j'aurais dû faire était simple. Retourner au magasin, repérer l'heure de la fermeture, la porte de sortie du personnel, le suivre et le tuer dans la nuit. Mais le froid est venu et la nuit et la fatigue et je n'ai plus eu envie. Denise vivait dans ces murs, derrière l'une de ces fenêtres maintenant allumées... J'ai suivi les rails d'un ancien tramway[1] et je suis entré dans une avenue bordée de hautes grilles et de rideaux de fer. Des ouvriers venaient vers moi, éclairés par les phares des voitures, j'ai entendu parler arabe et j'ai pensé que cela faisait longtemps que je n'avais plus fait ma prière et qu'il n'était pas bon de laisser venir à soi l'oubli du plus grand des dieux.

1. Chemin de fer à rail plat, c'est-à-dire enterré dans le pavé ou le bitume. Transport public citadin.

BIEN LIRE

CHAPITRE 18

- **Depuis combien de temps Djilali a-t-il quitté Fernand ?**
- **Pour quelle raison l'enfant a-t-il tiré sur le policier ?**
- **Qu'est-ce qui va empêcher désormais Djilali d'aller au cinéma ?**
- **À quel prénom le garçon répondrait-il maintenant si on le lui demandait ?**
- **Quelle raison le narrateur donne-t-il pour expliquer qu'il n'a pas tué le marchand du grand magasin ?**

19

Le tuyau était entouré comme une momie d'un tissu gris de pansement sale. On n'en voyait pas la fin. Il en venait une chaleur et je me suis glissé dessous. Avec le nez dans le manteau, l'odeur de caoutchouc a disparu. Il y avait un ronflement continuel, c'était l'air pulsé qui était envoyé dans les étages.

Personne ne viendrait dans ces sous-sols, et quand je me suis étendu c'était comme si mon âme s'ouvrait et des paysages sont venus sous mes paupières, avec des soleils rouges comme le tableau du musée et une mer calme et incendiée. J'ai vu Denise aussi, avec ses yeux transparents et pleins d'étincelles rapprochées, et Fernand au loin. Après, l'homme que j'avais tué s'est trouvé là. Pendant un moment j'ai eu pitié de lui parce qu'il avait un sourire franc mais c'était pour me coincer et dans mon rêve je l'ai tué une deuxième fois.

Il y a eu Smahane aussi qui est venue cette nuit, elle était avec des hommes et elle pleurait comme toujours. Je crois aussi que j'ai rêvé de ping-pong mais ce n'était pas une vraie table, elle n'était pas verte avec des raies blanches, la balle s'enfonçait dedans, je ne suis pas arrivé à jouer. Je n'ai pas vu qui était en face de moi, je crois que c'était un homme armé. Il jouait très fort, et quand il frappait la balle rentrait complètement dans la table et il y avait un bruit d'éponge, comme un gargouillis.

Je me suis réveillé à six heures. Je suis resté encore une heure les yeux fermés, et quand je les ai rouverts j'étais prêt. Je savais ce que je devais faire.

J'achèterais une carte de banlieue dans une librairie et je volerais un vélo. Il y en a plein dans la cour, sous une sorte de préau presque caché derrière les murs des ateliers. C'était plein de machines mais la plupart ne servaient plus.

J'étais entré facilement par le soupirail[1] vitré.

J'avais trouvé la solution. Avec le vélo je rejoindrais Paris et je téléphonerais d'une poste. Je n'aurais pas le président mais quelqu'un d'important. Je demanderais à lui parler. Pour être plus sûr de le voir je raconterais qu'un deuxième attentat était prévu et que j'étais le seul à pouvoir lui permettre d'y échapper. Devant lui je pourrais dire que d'une certaine façon je lui avais sauvé la vie, tué deux ennemis, et pour le flic ce n'était pas de ma faute. Il me protégerait et je pourrais vivre tranquille, caché en France tout le reste de ma vie.

C'était le mieux.

J'étais reposé. Juste la faim qui me gênait. Je ne volerais même pas de vélo, c'était dangereux, je pouvais y aller à pied. Ou en train. J'avais vu la gare dans l'après-midi, j'étais à peu près sûr de retrouver le chemin. Mais c'était mieux à pied, il fallait retrouver le grand pont, le traverser et filer tout droit. Après il y aurait des métros j'avais encore neuf tickets dans ma poche.

Il faisait nuit quand je suis sorti, mais des autobus roulaient déjà. J'ai retrouvé facilement la place avec le magasin où j'avais

---

1. Ouverture située dans le bas d'un bâtiment pour permettre l'aération ou laisser passer la lumière en sous-sol.

acheté les vêtements de fille. Il était encore fermé.

Il y avait peu de gens dans les rues. Beaucoup de motos. Elles roulaient vers les usines et le ciel encore noir avait une sorte de brume rose vers le sud, comme une purée de pastèque.

À un moment, le trottoir s'est rétréci. Il y avait peu de place pour marcher, tout l'espace était réservé aux voitures, c'était comme une autoroute avec plein de voies qui se croisaient, se passaient dessus, un ruban de béton qui montait en pente douce et disparaissait dans le ciel. Plein de noms écrits partout en blanc sur fond bleu : *Paris, Pontoise*[1], *Argenteuil, Bezons*... Les noms s'illuminaient dans les phares des voitures. Je suis passé sous la route, cela faisait comme un tunnel qui résonnait à chaque passage. J'étais presque seul comme piéton.

J'aurais peut-être dû voler ce vélo, finalement. J'ai encore pensé à Fernand. Il serait mort de rire de me voir en fille, surtout avec le bonnet et les boucles d'oreilles. Mais lui ne s'en serait pas tiré comme moi. Je ne l'ai pas bien protégé. J'aurais dû me méfier de Khadidja. Je la dénoncerai elle aussi. Si elle n'a pas pris l'avion, ils la retrouveront finalement.

J'ai marché le long d'un endroit très éclairé : c'était un immense garage avec des pancartes annonçant le prix de l'essence, du gas-oil et du super. Ils vendaient de tout : des bonbons, des pneus, des essuie-glaces. Déjà des voitures étaient arrêtées et faisaient le plein.

Après, l'avenue a un peu tourné et j'ai vu le pont.

---

1. Chef-lieu de canton du Val-d'Oise.

Les voitures noires étaient rangées deux roues sur le trottoir. Les feux étaient éteints mais les policiers ne se cachaient pas. Ils avaient posé sur le sol des petites pyramides orange[1] et ils arrêtaient les voitures des deux côtés. Ils inspectaient l'intérieur et ils faisaient signe de partir... On voyait la file à perte de vue depuis Paris, comme un serpent avec des écailles régulières et brillantes. Peut-être tous les ponts étaient surveillés. S'il n'y avait que celui-là, cela signifiait... Non, cela ne signifiait rien.

J'ai pris la première rue sur la gauche et j'ai décidé de rejoindre les berges[2] un peu plus loin. Il me fallait trouver un autre pont. J'avais bien fait de prendre cette rue parce qu'il y avait une épicerie d'allumée. Le magasin venait juste d'ouvrir, il sentait bon un produit pour laver le sol, c'était encore tout mouillé sur le carrelage.

Je suis entré et j'ai pris un panier en plastique comme c'était indiqué.

J'ai choisi un kilo d'oranges dans une sorte de filet, deux bananes, deux paquets de biscuits, un paquet pour la lessive et du coton. Avec le coton et la lessive j'avais l'air de la fille qui fait ses commissions et cela faisait encore plus déguisement. J'avais pris le coton parce que ce n'est pas lourd et que je pourrais me promener longtemps avec.

« Vingt-quatre francs soixante. »

La machine a tinté. J'ai donné un nouveau billet.

1. Panneaux de signalisation triangulaires que l'on pose sur le sol pour prévenir d'un danger.
2. Bords d'un cours d'eau aménagés en chemins ou en routes.

« Tu n'as pas de monnaie ? »

J'ai dit que non. Je murmurais à peine parce que je me méfiais de ma voix qui n'est pas celle d'une fille. La femme a soupiré. Elle avait une blouse verte avec un col blanc et son nom était à la place de la poitrine sur une petite plaque : *Françoise.*

« Vraiment pas ? Cherche bien. »

J'ai fait semblant. J'ai trouvé deux pièces d'un franc que m'avait rendues la femme qui conduisait le taxi mais cela ne suffisait pas.

Elle s'est levée, est allée à une autre caisse et elle m'a rendu l'argent. J'ai senti qu'elle était déjà énervée. La journée commençait mal pour elle. Il y a eu un tremblement assez fort et un camion s'est arrêté devant le magasin. Deux hommes sont entrés avec des caisses en bois pleines de salades, mouillées, vertes comme la blouse de la vendeuse.

La rue donnait sur les quais et je les ai suivis. C'était plus vieux par ici, les usines étaient plus anciennes, plus rouillées. Il y avait des péniches qui passaient, métalliques, très plates sur l'eau, avec des marques d'essence. Tout en marchant j'ai mangé les oranges à la file, je mordais dedans et je crachais la peau, c'était très bon, le jus coulait mais je ne me suis pas taché. Je voyais l'autre pont qui approchait doucement et de plus en plus de voitures. J'étais à Asnières[1]. C'était inscrit sur une plaque bleue et le jour se levait toujours pas. Je me suis arrêté pour prendre une banane et je l'ai

1. Chef-lieu de canton des Hauts-de-Seine, au nord-ouest de Paris.

mangée debout contre le parapet. J'ai gardé les biscuits et les autres fruits pour plus tard, c'était une bonne idée d'avoir pris ce sac, j'ai eu l'impression qu'il me protégeait.

La circulation était très forte sur le pont mais je n'ai pas vu de voitures de police comme sur l'autre et je me suis engagé dessus et de l'autre côté c'était Levallois-Perret[1]. Il y avait une indication : *Paris 3 kilomètres.*

Tout allait bien. J'ai continué à marcher et j'ai vu la poste éclairée. Je suis entré dans la lumière du néon. C'était aveuglant. Des employés riaient derrière les vitres très épaisses, ils n'avaient pas encore de travail et un vieux était assis sur un des sièges de la salle. On comprenait qu'il n'avait rien à faire ici, qu'il restait parce qu'il faisait chaud et qu'ainsi il voyait du monde car chez lui il se sentait trop triste.

« Téléphone. »

J'ai descendu les marches et, devant les cabines fermées, je me suis approché d'une sorte de table en pente, très haute. Plein de pages étaient pliées dans le bas, beaucoup de personnes devaient les tourner. Il y avait un grand nombre d'Élysée, des assurances, des cinémas, des magasins, des hôtels, presque toute une page mais pas celui que je cherchais.

J'ai pris l'autre livre de I à Z. Je suis presque tombé du premier coup sur la bonne page. J'ai cherché *Président* et j'ai trouvé *Présidence de la République – Palais de l'Élysée.*

C'était ça.

---

1. Chef-lieu de canton des Hauts-de-Seine, au nord-ouest de Paris.

Je suis entré dans une des cabines et j'ai fait le numéro.

« Palais de l'Élysée, je vous écoute. »

C'était très simple au fond, les choses allaient vite.

« Je voudrais parler au président. »

La voix au bout du fil n'a pas eu l'air étonnée. Cela se faisait peut-être souvent.

« Qui êtes-vous ?

– Je m'appelle Djilali... »

Cela faisait longtemps que je n'avais pas prononcé mon vrai nom.

« C'est moi qui ai tué les deux terroristes dans la camionnette, je devais abattre le président. »

Il n'y a pas eu de réponse et c'est une autre voix d'homme qui m'a répondu au bout de quelques secondes.

« Où es-tu, Djilali ?

– Il y a un autre attentat prévu contre lui. Je peux vous aider à l'y faire échapper.

– Très bien, où es-tu ?

– Dans une poste.

– À quel endroit ? »

J'ai calculé très vite.

« Venez me chercher, dans une demi-heure sur le... »

J'ai senti le courant d'air de la porte, j'ai lâché l'appareil en pliant sur les genoux mais je n'ai pas évité complètement le coup et mon oreille a éclaté et tout après s'est déroulé dans le silence. Le type devait hurler mais je ne l'entendais pas, c'était un de ceux qui riaient lorsque j'étais passé devant les guichets de verre. Si Amzane l'avait dit : il y avait les flics, ceux qui les prévenaient, mais il y avait pire : ceux qui n'avaient pas la patience d'attendre. L'annonce devait avoir eu lieu hier soir à la télévision : « Le fugitif pourrait être habillé en fille, manteau noir, bonnet à carreaux. »

Tout s'est brouillé mais j'ai tout de même tiré à travers le manteau, il a fait un bond de peur et a lâché sa règle de fer. Le sang me coulait dans le cou, j'ai tiré le Zastava et j'ai foncé après lui. C'était la dernière balle.

Regarde, Fernand, comment on s'en sort.

La poste était complètement vide, le vieux avait disparu.

L'autre a giclé comme un obus à travers la porte et je l'ai vu s'étaler sur le trottoir, pédaler dans le vide, et repartir.

J'ai pensé qu'il ne pouvait pas être écrit que je mourrais habillé en fille et je suis sorti.

J'ai remarqué que le jour était venu. J'ai levé les bras vers la voiture devant la porte mais j'aurais dû lâcher le flingue avant parce que tout s'est étoilé et les bras du montagnard barbu ont été secoués quelques secondes et tous les sons sont revenus d'un coup.

J'ai entendu les douilles[1] de cuivre taper contre la tôle de la carrosserie et j'ai toussé comme les vieux pleins de tuberculose sur les bancs de Tall-Zaatar.

Ils étaient nombreux, cachés derrière la Renault 15, j'ai vu leurs pieds et leurs jambes entre les roues.

1. Étui métallique qui contient l'amorce et la charge de la cartouche.

Il y avait une prière spéciale pour ces moments-là mais je ne la savais plus. Je l'avais pourtant apprise lorsque j'étais enfant. Le mal de tête est venu d'un coup.

Je ne m'étais pas aperçu que j'étais par terre. J'ai tiré ma jupe parce que l'on voyait mes genoux et j'ai craché de la salive. J'ai senti l'odeur de la banane qui revenait dans ma bouche et quelqu'un m'a pris mon petit pistolet. Le barbu était là, très près.

J'ai pensé que c'était idiot de le voir et j'ai fermé les yeux parce que je préférais être avec Fernand et Denise, mais ils n'ont pas voulu courir avec moi à l'intérieur du tableau rouge, et j'ai fait une longue glissade immobile.

« Il lâche la rampe[1]. »

Il n'y avait pas de rampe, tout était noir à présent et tout le resterait. C'était mieux ainsi.

Mes jambes ont bougé toutes seules, mes pieds ont tremblé, tout au loin, là-bas.

Je ne m'étais pas mal débrouillé, après tout.

J'ai eu envie d'une orange mais j'avais laissé le sac dans la cabine du téléphone. Tant pis.

1. Il lâche prise, il ne lutte plus, il se laisse aller vers la mort.

BIEN LIRE

CHAPITRE 19

- **À son réveil, quel est le projet le plus important que Djilali souhaite réaliser ?**
- **Si le premier projet aboutit, que compte-t-il faire dans un avenir plus lointain ?**
- **Quel est le reproche que l'adolescent se fait à lui-même au sujet de Fernand ?**
- **Que se passe-t-il pendant le bref instant où Djilali n'entend plus rien ?**

Après-texte

POUR COMPRENDRE

GROUPEMENT DE TEXTES

INTERVIEW EXCLUSIVE

INFORMATION/DOCUMENTATION

Lire

1 Quels sont les éléments du décor qui est planté dans ce premier chapitre (paysage, objets, habitation, climat...) ?

2 Quels sont les personnages dont parle le narrateur et qui ont marqué sa prime enfance ?

3 Relisez les lignes 1 à 160 et donnez quelques indications sur le mode de vie de ces personnages (types de logement, d'alimentation, de travail ménager, de divertissement, d'échange commercial, etc.). Après en avoir établi une liste, tirez-en une conclusion sur la situation économique du pays.

4 Au début du récit, le narrateur dit : « Israël et les Américains c'est pareil ». Que veut-il dire par là ?

5 Comment peut-on interpréter cette habitude qu'a l'enfant de courir « en zigzaguant » ?

6 Quelles relations le narrateur entretient-il avec les gens de sa famille (oncle, mère, sœurs et petit frère) ? Quel regard porte-t-il sur eux ? Qu'en dit-il ?

7 À partir des indices relevés dans ce chapitre, situez approximativement l'époque de l'histoire ?

8 Tout au long du chapitre, des indices sont donnés pour indiquer les différentes périodes de la petite enfance du narrateur. Retrouvez-les.

Écrire

9 En quelques lignes, résumez ce premier chapitre. Y a-t-il un événement marquant dans ces premières pages ?

10 De la ligne 1 jusqu'à la ligne 122, le narrateur relate ses souvenirs d'enfance. Remettez dans le bon ordre les éléments suivants, présentés dans le désordre : les grands bidons cerclés – les jours sans école – les défilés – le camion – les gardes – le croissant et l'étoile – la prière – les deux chèvres – l'école – les couvertures de maman.

11 Divisez le chapitre 1 en deux parties et donnez un titre à chacune d'elles.

12 Quelle est la signification des mots suivants, extraits du texte : « défilés » et « cartouches » ? Employez-les dans une phrase où ils auront un autre sens.

13 En quelques lignes, expliquez la méthode utilisée par l'auteur pour débuter son récit et mentionnez les « ingrédients » qu'il y a introduit pour susciter l'intérêt du lecteur ?

Chercher

14 En vous aidant des notes et de vos réponses aux questions 1 et 2 essayez de situer le pays ou la contrée dans laquelle vit l'enfant et sa famille.

15 Cherchez dans une encyclopédie récente la biographie de Ronald Reagan et son rôle dans les conflits du Moyen-Orient.

16 À côté du nom de Reagan le narrateur a associé celui de Sharon. Qui est-ce ? Cherchez son pays d'origine et ses fonctions politiques.

17 Qui est Arafat ? Cherchez des renseignements sur sa vie et son rôle politique ?

18 Quels sont les différents moments de la prière annoncée par le muezzin ?

À SAVOIR

LES DÉBUTS DE ROMAN

Dans les premières pages d'un récit, l'auteur met généralement en place des « ingrédients » qui vont éveiller l'intérêt du lecteur et susciter son adhésion. Le début d'un roman est comme une vitrine qui doit donner envie d'entrer dans le magasin. L'auteur séduira donc son lecteur en le surprenant, en l'accrochant, peut-être même en le choquant. Plusieurs méthodes s'offrent à lui pour susciter la curiosité : plonger directement le lecteur dans une atmosphère tendue ou, au contraire, harmonieuse ; créer immédiatement un suspens, un mystère pour donner envie d'en savoir plus ; etc. La composition des éléments narratifs et le style employé pour s'exprimer entrent aussi dans les moyens utilisés pour surprendre et accrocher dès les premières pages.

Dans les débuts de roman, on trouvera des indicateurs de lieux (« Il y a les montagnes qui cuisent au loin »), de temps (« Fathia devait me porter parce que je ne marchais pas encore »), des informations sur les personnages et leurs liens entre eux (« mon oncle ») et un embryon d'intrigue (« J'avais neuf ans et nous avons quitté le camp où je suis né »).

En résumé, on peut ouvrir un récit en commençant par la description du cadre spatio-temporel de l'action et/ou le portrait des personnages ; en mettant en scène des personnages en pleine action ; avec un dialogue ; en plongeant directement le lecteur à un moment critique ou énigmatique de l'action, ce qui supposera un retour en arrière pour expliquer la situation.

DEUX ENFANTS ARABES ISSUS DE MONDES DIFFÉRENTS

Lire

1 Repérez, dans le chapitre 2, les passages où Fernand porte un regard critique sur les idées et les habitudes de ses parents. Donnez la vision qu'il a de chacun d'eux.

2 Le jeune garçon pense que « c'est plus sûr comme métier d'être jardinier que président ». Quelles sont les raisons qui lui font tenir ce raisonnement ?

3 Dans le chapitre 3, Djilali répond aux hommes qui lui demandent s'il sait pourquoi ils sont en guerre : « contre l'impérialisme ». Que signifie le mot « impérialisme » ? D'après vous, comment l'enfant comprend-t-il ce mot ?

4 L'enfant connaît-il l'histoire et la religion de son pays ?

5 Peut-on savoir exactement à quelle organisation appartiennent les hommes qui s'intéressent à Djilali ?

6 L'enfant a-t-il des sentiments pour son père ? Est-il vraiment motivé pour venger sa mort ?

7 Selon vous, quelles sont les convictions politiques de l'enfant ?

8 Après le départ des hommes, l'enfant est ému. Par quelles réactions se manifeste son émotion ?

Écrire

9 Dans le chapitre 2, Fernand est-il content d'avoir déménagé et d'aller au collège à Paris ? Justifiez votre réponse en relevant dans le texte les arguments qu'il donne.

10 Le narrateur fait une description de la tapisserie du salon. Relevez les termes péjoratifs. À votre tour, faites-en une description avec des termes élogieux.

11 Observez cette expression du père de Fernand : « Allocations, pièges à cons ». À votre tour, inventez une expression bâtie sur ce modèle, en changeant les termes mais en conservant le rythme.

12 « Déjà Fernand tout court c'est plutôt con et ça fait déjà marrer les gens mais quand on ajoute Baamri c'est le délire. » Quel est le registre de cette phrase ? Reformulez-la dans un registre courant, en restituant la ponctuation.

Chercher

13 En vous aidant d'un plan de Paris et des indications du récit, cherchez où se trouve le lycée Racine.

14 Qui est Musset ? Trouvez dans une encyclopédie des renseignements sur sa vie et son œuvre.

15 Cherchez des renseignements sur l'O. L. P., la date et les raisons de sa fondation ainsi que son rôle.

16 Quel est le titre du livre dans lequel se trouve l'histoire de Sindbad ?

17 Où se trouve le Sinaï ? Aidez vous d'un atlas pour répondre.

À SAVOIR

LES DIFFÉRENTS REGISTRES DE LANGUE

Suivant les personnes qui parlent, leur milieu social, culturel, l'âge etc., le registre de langue peut varier du soutenu au familier en passant par le courant. Il peut, bien entendu, changer suivant les personnes à qui l'on parle. Voici un tableau où vous trouverez les éléments qui vous permettront de les reconnaître.

	Langage soutenu	Langage courant	Langage familier
Emploi	À L'écrit.	À l'écrit et à l'oral.	À l'oral.
Construction syntaxique	Phrases complexes avec connecteurs, subordonnées.	Phrases simples mais correctes.	Phrases incorrectement construites avec ruptures de construction.
Temps des verbes	Imparfait du subjonctif. Concordance des temps respectée.		
Vocabulaire	Vocabulaire précis. Figures de style peu courantes.	Vocabulaire courant.	Vocabulaire familier, populaire ou argotique. Expressions imagées. Onomatopées.
Ponctuation			Usage fréquent de points d'interrogation, d'exclamation et de suspension pour imiter le langage oral.

Lire

1 Quels avantages et quels inconvénients Fernand voit-il à son nouveau lycée ?

2 Dans l'épisode de l'achat des manuels scolaires, quels sentiments l'enfant éprouve-t-il pour ses parents et pour lui-même ?

3 Quelles remarques montrent l'intégration de Fernand en France ?

4 Pour quel motif le narrateur souhaite-t-il être écrivain ? Prend-il ce projet d'avenir au sérieux ?

Écrire

5 Faites la description de votre collège ou de votre lycée en imitant le ton du narrateur et en tournant en dérision ses inconvénients et ses avantages.

6 Relisez les lignes 203 à 218 et indiquez les mots ou expressions qui montrent que la situation d'énonciation est ancrée dans le récit. Par quelles expressions ce passage se rapproche-t-il du journal intime ?

Chercher

7 Cherchez le mot « Kabylie » dans une encyclopédie ou un dictionnaire des noms propres et situez cette région.

8 Sur un plan de Paris, repérez le Louvre, la gare Saint-Lazare, le quartier de Pigalle, la rue des Martyrs, la place Clichy et le Moulin Rouge. Faites le même repérage pour Bezons avec une carte de l'Île-de-France.

À SAVOIR

LA SITUATION D'ÉNONCIATION

On nomme *énoncé* tout acte d'écriture ou de parole.

Quand l'énoncé est *coupé* du moment où l'auteur écrit ou parle, les actions sont évoquées au passé. Les repères de temps et de lieu se situent par rapport à un moment précis de l'histoire (« la veille », « ce jour-là », « le lendemain », etc.). En outre, les personnages sont désignés par des pronoms à la 3e personne.

Si, au contraire, l'énoncé est *ancré* dans le moment où l'auteur écrit ou parle, les actions sont évoquées au présent, au passé composé ou au futur. On peut trouver également l'imparfait pour les descriptions. Les repères de temps et de lieu sont définis par rapport à celui qui parle (« aujourd'hui », « demain », « hier », « chez moi », etc.). Le locuteur s'exprime à la 1re personne et s'adresse à son ou ses récepteurs à la 2e personne.

Lire

1 Quelles sont les précautions prises pour que les trois enfants ne sachent pas où ils vont ?

2 Pourquoi a-t-on donné d'autres noms aux enfants et pourquoi faut-il qu'ils oublient les leurs ?

3 Relisez le début du chapitre (l. 1 à 171). Peut-on savoir précisément combien de temps le trois enfants sont restés dans le sous-sol ? Pourquoi ?

4 La narration du film est coupée par deux digressions. Que pouvez-vous conclure sur les méthodes d'endoctrinement des hommes ?

Écrire

5 Énumérez les différentes activités des enfants.

6 Rédigez un court paragraphe dans lequel vous exprimerez l'opinion du narrateur sur ses camarades.

Chercher

7 Quels événements se sont produits au Moyen-Orient depuis 1947 ?

8 Cherchez des renseignements précis sur le « Fath ».

À SAVOIR

DISCOURS DIRECT, INDIRECT ET INDIRECT LIBRE

Au *discours direct*, les paroles sont transcrites telles que le personnage aurait pu les dire. Le temps des verbes, les pronoms personnels et les repères de lieu et de temps sont ceux du discours ancré dans la situation d'énonciation. Les paroles sont annoncées par un verbe déclaratif et le discours est rapporté entre guillemets (« Vite ou je cogne ! »).
Au *discours indirect*, les paroles sont rapportées sans que la narration soit interrompue. Le discours est inséré dans le récit par une subordonnée introduite par « que » et l'on respecte la concordance des temps. Dans le cas de l'interrogative indirecte, les mots introducteurs de la subordonnée sont des adverbes (« si », « quand », « où », « comment », « pourquoi »). Les pronoms restent à la 3e personne et les marqueurs de temps et de lieu sont ceux du récit coupé de la situation d'énonciation (« J'ai demandé à Si Amzane s'il était allé à Paris. »).
Au *discours indirect libre*, les paroles rapportées sont insérées dans le récit sans présence de subordination, mais la concordance des temps est respectée. Dans le cas d'une narration à la première personne le discours se fond avec la narration (« Ils ne m'enterreraient pas vivant. Jamais. Pas moi. »).

Lire

1 Pourquoi l'enfant prend-il la peine de dire : « je ne suis pas technicien » ? Qu'est-ce que cela laisse supposer ?

2 Que veut dire le narrateur par : « Au fond, on a juste le droit d'aller faire les cons [...] avec les morpions. » Quelle est la signification, ici, de « faire les cons » ? Que préfèrerait-il ?

3 Que pense-t-il des distractions proposées par Mépied ?

4 Repérez, tout le long du chapitre, les différentes apparitions des hommes qui le suivent ? L'enfant a-t-il peur ? Justifiez votre réponse en vous appuyant sur le texte, car son sentiment évolue.

5 Quelles différentes hypothèses émet-il sur cette « filature » ?

Écrire

6 Pourquoi le téléphone prend-il autant d'importance au sein de ce chapitre ? Repérez les indices qui pourraient être interprétés de façon curieuse. Une conclusion s'impose-t-elle ou reste-t-on dans le suspens ? Rédigez, en quelques lignes, votre interprétation de cet incident.

7 Dans l'expression « Ça doit faire trente ans qu'ils ont pas lavé », « lavé » est-il le terme exact qu'il est convenu d'employer ? Quel est le mot juste que l'on attend ? Au début du roman, le narrateur déclare : « J'ai fait des progrès à l'envers. » Comment pourriez-vous dire la même idée avec un seul verbe. De quel registre de langage s'agit-il ? Quel effet est recherché avec cet emploi du mot « lavé » ?

Chercher

8 Dans une encyclopédie ou un dictionnaire de littérature, cherchez des renseignements sur Alfred de Vigny et le résumé de l'histoire de *Cinq-Mars*. Pourquoi le choix de ce roman ? Qui est le dieu nommé Mars ? Quel rapprochement peut-on faire avec la publicité de la barre chocolatée Mars (« Un coup de barre, Mars, et ça repart ! ») Et avec notre histoire ?

9 Fernand lit une histoire des Aztèques. De quel rite religieux aztèque a-t-on conservé le souvenir ?

À SAVOIR

L'ARGOT

L'argot est un langage utilisé à l'origine par les malfaiteurs, mais aussi par de nombreux groupes professionnels ou sociaux dans le but de se distinguer. D'ailleurs, il existe plusieurs argots. C'est pourquoi, le vocabulaire argotique passe très vite dans le langage populaire en se renouvelant de façon permanente. De nombreux grands auteurs ont puisé leur inspiration dans ce langage, au départ corporatiste, depuis les auteurs « poissards » du XVIIIe siècle jusqu'à Louis-Ferdinand Céline ou Raymond Queneau, en passant par Victor Hugo et Émile Zola.

Le premier dictionnaire de l'Argot est publié en 1596 par Péchon de Ruby. L'argot est tout d'abord un langage technique, un jargon. Il est ensuite réservé à des initiés, le plus souvent des gens du « milieu », des malfrats qui désirent parler entre eux sans que l'on puisse comprendre leurs messages. François Villon, poète du XVe siècle, compose six ballades en « Jobelin » (langue des soldats licenciés de l'armée de Charles VII devenus bandits de grands chemins).

Au XVIIIe siècle, entre 1740 et 1760, l'argot est transmis par l'intermédiaire du genre « poissard » donné aux courtes pièces jouées devant les théâtres forains ou les cirques pour attirer le public.

Les auteurs du XIXe siècle ont volontiers utilisé l'argot pour créer un effet de réalisme (Victor Hugo intitule d'ailleurs « L'argot » un chapitre des *Misérables*).

Au XXe siècle, en raison de la vogue du roman policier, l'argot connaît une nouvelle heure de gloire et l'on peut citer notamment les dialogues cinématographiques de Michel Audiard, ou encore, les romans de Frédéric Dard.

L'argot se compose d'un lexique qui s'intègre dans la langue usuelle, mais il n'est pas pour autant une langue à part entière. Pour créer son vocabulaire, l'argot a recours à divers procédés. Soit il remplace les suffixes de mots existants (« cantoche » pour « cantine »), soit il les supprime (« cata » pour « catastrophe »), soit il emprunte à d'autres langues en modifiant généralement la bonne orthographe (« fatma » pour « femme »), soit enfin il invente (« pieu » pour « lit »). Il existe aussi des « argots à clés » qui consistent à introduire des syllabes répétitives dans les mots usuels (c'est le cas du javanais, où le mot « chaussure » se dit « chavaussavurave »), ou encore, qui consistent à inverser l'ordre normal des syllabes d'un mot (c'est le cas du verlan, où le mot « lycée » devient « cély »).

Lire

1 À quoi le narrateur fait-il allusion quand il dit : « Maintenant je sais que c'était Damas. » ?

2 Quelles sont les raisons qui font penser à l'enfant qu'il ne reverra pas son frère et sa sœur ?

3 Pourquoi ne doit-il pas faire de réponses trop longues ?

4 Que signifie : « Porter le feu » ? Pourquoi un enfant et une femme peuvent-ils « porter le feu » plus facilement qu'un homme ?

5 Quelles conclusions peut-on tirer de cette réflexion du narrateur quand il parle de son oncle : « Personne ne sait d'où il vient » ?

6 Une fois dans l'avion, Ali pense à ce qu'on lui a dit : « Je n'ai pas à me demander [...] cela pourrait m'empêcher de l'accomplir ». En quoi cela l'empêcherait-il de l'accomplir ?

7 À un moment où le narrateur se replonge dans le passé, il pense qu'il aurait pu ne pas avoir été choisi. Quel sentiment éprouve-t-il à cette idée ? Découvre-t-on son sentiment d'avoir été choisi ?

Écrire

8 Montrez que le récit dans ce chapitre est composé avec des retours en arrière et des incursions dans le futur. Notez les outils grammaticaux que l'auteur a employé ou leur absence et le temps des verbes.

9 Au début du chapitre, le narrateur fait une description de la ville qu'il découvre. Quels sont les termes qui montrent que cette ville n'est pas agréable ?

10 « Si l'on me pose la question pourquoi je vais en France, je réponds ». À quel registre appartient cette phrase ? Réécrivez-la dans un registre courant.

11 L'enfant dit qu'il ne cherche pas à savoir ce qu'on va lui demander pour sa mission... Trouvez des indices qui prouvent le contraire.

12 Dans le récit de ce chapitre, plusieurs phrases nominales sont insérées aux phrases verbales. Relevez-en cinq, contenues dans le passage qui va de la ligne 102 à la ligne 116. Quelle fonction ont-elles ? Composez un court récit qui contiendra une description parsemée de phrases nominales.

Chercher

13 Retrouvez dans un atlas les différents pays que l'enfant aura survolé pendant son voyage de huit heures.

14 Dans une encyclopédie, cherchez des renseignements sur l'histoire des « Fedayin ».

15 Dans une encyclopédie, cherchez les dates d'événements sanglants qui se sont déroulés à Beyrouth et à Hébron.

À SAVOIR

LES DÉPLACEMENTS DANS LE TEMPS

Dans un récit, le narrateur navigue dans le temps. Dans un roman, comme au cinéma, ce mécanisme se constate par des retours en arrière (les « *flash-back* ») ou des incursions dans le futur.

Pour marquer les transitions vers le passé et aider le lecteur à se situer dans le récit, l'auteur utilise des outils grammaticaux (« hier », « autrefois », « lorsque j'étais jeune », etc.) ainsi que les temps du passé dans le cadre d'un récit au présent (« Hier, ils m'ont coupé les cheveux »).

Parfois, un projet amène un personnage à se projeter dans l'avenir. Les temps verbaux peuvent rester au présent ou passer au futur dans le cadre d'un récit au présent et à la forme conditionnelle (futur du passé) dans le cadre d'un récit au passé (« Cela m'a fait souvenir d'Ahmed [...]. Aujourd'hui cela n'a plus d'importance parce qu'il ne me reverront jamais. »).

Si certains événements ne présentent pas d'intérêt pour l'histoire, le narrateur les supprime et opère ce qu'on appelle une « ellipse ». Deux sortes d'ellipses sont possibles : l'ellipse déterminée, par laquelle le narrateur indique le temps écoulé pendant la rupture de narration (« Deux ans plus tard... ») et l'ellipse indéterminée qui ne donne aucune indication de temps. Dans ce dernier cas, il n'y a pas de transition, mais le récit est suffisamment clair pour qu'il n'y ait pas d'ambiguïté. Parfois, les événements ne présentent pas un intérêt suffisant pour être développés, mais sont indispensables au déroulement du récit ; on a recours alors au « sommaire », qui est un résumé des actions.

Les actions peuvent être racontées une seule fois mais il se peut qu'elles se répètent. On dit alors qu'elles présentent un « aspect ». L'enfant, dans le chapitre, raconte ses maux de tête : « J'ai mal à la tête parfois. Cela me prend sur la tempe droite... » ; l'adverbe « parfois » marque la répétition.

Lire

1 Comment expliquez-vous le changement d'atmosphère entre le moment où Fernand entre dans la cuisine et celui où il réagit en donnant un coup de raquette ?

2 Quelle est l'hypothèse que le narrateur envisage pour expliquer le kidnapping ?

3 Comment expliquez-vous la présence des olives et de la lettre du père de Fernand ?

4 Dans le chapitre 9, que signifie l'expression : « Il n'a pas appris le silence » ? Quelle différence d'éducation constatez-vous entre les deux enfants à partir de cette remarque ?

5 Toujours au chapitre 9, faites la liste des gens qu'Ali n'aime pas et dites pourquoi.

6 Comment expliquez-vous cette remarque : « Réfléchir après, il n'a pas l'air de mentir. » ?

7 Ali remarque que Fernand est nerveux. À quoi le voit-il ? Quand cette marque de nervosité va-t-elle disparaître ?

8 Quelle réflexion de Fernand fait dire à Ali : « J'ai su qu'un jour on gagnerait, parce que leurs têtes n'étaient pas faites pour le combat » ?

Écrire

9 Découpez le chapitre 8 en plusieurs parties et donnez-leur un titre.

10 Comment le narrateur marque-t-il sa surprise et le changement d'action, entre le moment où il rentre tranquille de sa sortie et celui où il découvre les deux hommes ?

11 Observez la narration de l'évanouissement. Quel est le statut du narrateur ? Quel est son point de vue ?

12 Montrez, en relevant des expressions, que, dans le chapitre 8, trois tonalités se juxtaposent : la gaieté, la violence et la douceur.

13 Le récit de l'enfant sur son kidnapping est « décousu ». Au chapitre 8, relisez les lignes 57 à 216 et montrez comment il passe des pensées ou des descriptions aux souvenirs. Pourquoi ce mode de narration ? De quel événement sert-il de révélateur ?

Chercher

14 Le Palais de l'Élysée et les Champs-Élysées relèvent à la fois de la topographie parisienne et de la mythologie. En quoi ?

15 Fernand parle de la fin du ramadan. Que savez-vous de cette pratique religieuse ? Cherchez dans une encyclopédie les mots « ramadan » et « ascétisme ».

16 Dans une encyclopédie, cherchez l'article « racisme » et faites-en un résumé.

À SAVOIR

LE STATUT DU NARRATEUR

Il existe plusieurs types de narrateurs.

Le *narrateur* personnage fait partie de l'action et s'inscrit dans le récit en parlant à la 1re personne du singulier. L'avantage pour un auteur de céder la narration à un personnage est de lui permettre de faire le récit de son expérience et de la commenter de son propre point de vue, au lieu de raconter les actions d'un personnage à la 3e personne et ensuite de prendre la parole pour les commenter. Le cas de notre roman est original puisque le récit est partagé entre deux narrateurs. Ils prennent en charge un chapitre sur deux, puis ils sont réunis. La narration est rendue plus vivante et sonne plus juste pour le lecteur.

Le *narrataire* (ou personnage devenant narrateur pour un auditoire) se trouve dans les romans « à cadre » tel *Manon Lescaut* de L'abbé Prévost. Dans ce texte, le chevalier Des Grieux raconte sa passion pour Manon à un personnage qui disparaît de l'action.

Il est important de noter que jamais le narrateur ne doit être assimilé à l'auteur, exception faite de l'autobiographie, où l'auteur annonce clairement à ses lecteurs qu'il projette de raconter sa propre vie, comme le fait Jean-Jacques Rousseau au début des *Confessions* (« Je veux montrer à mes semblables un homme dans toute la vérité de la nature ; et cet homme ce sera moi. »).

Le *narrateur extérieur*, enfin, n'est ni un personnage ni l'auteur. Les personnages sont désignés à la 3e personne, même si un d'entre eux tient un rôle prépondérant et se trouve être le héros. Ce type de narrateur est facilement identifiable car il est « omniscient », c'est-à-dire qu'il sait tout des pensées, des sentiments et de la destinée des personnages.

Lire

1 À propos du désert de dunes d'or, Fernand fait la remarque suivante : « les choses sont moins marrantes quand on les connaît ». Fernand avait déjà fait ce constat au sujet de Mépied au sujet de son appartement, au chapitre 6. Retrouvez ce passage. Comment l'expliquez-vous ?

2 Lors du coup de fil du père de Fernand, quel effet est produit par ces phrases qu'il ne finit pas et qu'il ne laisse pas finir à son fils ?

3 Quelle est la raison pour laquelle les deux enfants sont devenus amis ? Est-ce la discussion, la bagarre, le rire, le groupe de musiciens, le jeu de ping-pong ?

4 Dans le chapitre 11, pourquoi Ali pense-t-il que Fernand ne ment pas ? Qu'est-ce qui, dans sa formation, lui a appris à le détecter ?

5 Pourquoi Ali pense-t-il : « Je ris trop avec lui » ? Que se reproche-t-il étant donné sa mission ?

6 Ali est-il croyant ? Où vont ses pensées lors de la prière ? Quelle est la condition indispensable pour pouvoir croire en Dieu, selon lui ?

7 Dans le chapitre 11, Ali est tour à tour un combattant et un enfant. Pourriez-vous noter les différents moments où il est l'un et l'autre ?

Écrire

8 Récrivez les passages concernant l'attaque aérienne et l'imitation du solo de batterie en développant les différents mouvements de ces deux scènes. Transposez-les en une planche de bande dessinée pour mettre en évidence l'aspect visuel de ces deux passages.

9 Dans le chapitre 11, relevez les arguments qu'Ali donne à Khadidja pour obtenir la permission d'emmener Fernand au Zénith. Vous paraissent-ils convaincants ? Qu'auriez-vous dit à sa place (vous pouvez vous servir des idées qui lui étaient venues avant) ?

10 Il manque une proposition dans la phrase suivante : « J'aimerais en faire tout le temps. ». Réécrivez-la, en respectant la concordance des temps.

11 Lisez la phrase suivante : « Si elle refuse, elle se méfiera et on pourra pas se tirer » et transposez-la au passé. Quelles transformations avez-vous opérées ?

12 Dans la phrase suivante : « Si Hank Schoudorff était là je pourrais lui demander mais il n'est pas revenu », une condition empêche que l'action se réalise. Remplacez le verbe de la subordonnée « était » par « avait été » et recomposez la phrase. Quel mode et quel temps trouvez-vous dans la principale ?

13 À la fin de leur partie de ping-pong, Ali a une pensée : « Et là j'ai pensé qu'on pourrait aller voir ses musiciens préférés. » Transposez cette phrase au présent. Que se passe-t-il pour le temps de la subordonnée ? Comment se nomme la forme « on pourrait » ?

Chercher

14 Que savez-vous sur le ping-pong (également appelé « tennis de table ») ? Cherchez des renseignements sur les origines et les règles de ce sport.

15 Dans une encyclopédie, cherchez des renseignements sur la *Bible*, le *Coran* et la *Torah*.

À SAVOIR

LE CONDITIONNEL MODE ET LA FORME CONDITIONNELLE

La subordonnée circonstancielle de condition exprime une condition ou une hypothèse dont la conséquence éventuelle est présente dans la principale. L'outil grammatical est le plus souvent « si », mais on peut aussi trouver « au cas où » (« Si on y allait, ce serait avec une autorisation »). « Si » + indicatif imparfait entraîne le conditionnel présent.

Quand on exprime une action dans le passé qui ne peut se réaliser, on utilise l'irréel du passé ou conditionnel passé (« Si j'avais essayé de la rattraper, je n'y serais jamais arrivé, mais je n'ai pas essayé »). « Si » + indicatif plus-que-parfait entraîne le conditionnel passé.

Dans le cas d'une hypothèse exprimée avec l'indicatif dans les deux propositions (« Je sais que même si un homme te dit oui et qu'il le répète trois fois, il est bon de rester sur ses gardes »), on utilise l'indicatif présent. « Si » + indicatif présent entraîne l'indicatif présent.

Dans le système du présent, quand on pense qu'un fait pourra se réaliser dans le futur, on exprime la pensée par le présent dans la principale et l'action par le futur dans la subordonnée (« Aujourd'hui, je pense qu'il viendra »). Pour exprimer la non réalisation de l'action prévue on emploie le système du passé (« Hier, je pensais qu'il viendrait »). L'action future dans un système du passé prend la forme du conditionnel, sans avoir la valeur du mode hypothétique.

Lire

1 Dans la logique d'un jeune occidental est-il possible que quelqu'un achète un enfant ? Fernand peut-il avoir un doute sur la véracité des paroles d'Ali ?

2 Ali aurait-il parlé avant de réfléchir comme le fait Fernand ? Donnez des indications sur le mode de fonctionnement mental de chacun des deux enfants (identifiez la façon dont ils réagissent devant les événements).

3 Khadidja a la manie de « gratter la tête sur le dessus ». À votre avis, pour quelle raison l'auteur lui fait-il faire ce geste ? Pour la rendre maternelle ou pour que les enfants ne se méfient de rien ?

4 Fernand entrevoit-il l'avenir avec optimisme ? Justifiez votre réponse.

5 Dans le passage qui va de la ligne 78 à la ligne 117, le sujet philosophique que les enfants abordent a-t-il pour thèmes : la relativité – la responsabilité – la tolérance – la solidarité – l'engagement – l'injustice – la politique ? Plusieurs réponses sont possibles.

6 Après avoir fait part de l'échange des montres, le narrateur fait des remarques sur la valeur identique des deux objets. Comment interprétez-vous ces remarques ? Quel effet produisent-elles, sachant que cet échange revêt un caractère symbolique et solennel ? Quel aspect du caractère du personnage cela révèle-t-il ?

Écrire

7 Dans le premier paragraphe du chapitre 12, Fernand fait une remarque sur les programmes de télévision et en tire une conclusion sur la débilité de l'espèce humaine. Il pense qu'il ne se fait pas bien comprendre. À votre tour de formuler cette idée avec plus de clarté.

8 Fernand fait sur Khadidja la remarque suivante : « Elle aurait pu bloquer un camion [...] avec un seul bras. » Ali fait la même réflexion au chapitre 11 : retrouvez ce passage. Pourquoi souligner cet aspect du personnage ? Dites ce que vous envisagez comme suite possible à partir de ce chapitre.

9 Fernand a observé qu'Ali « attendait le verdict tranquille dans son coin ». Pourquoi ? Relisez le chapitre 11. Que doit penser Ali au sujet de cette scène racontée par Fernand ?

10 Retrouvez le passage où Fernand essaie de raconter le train fantôme, puis, montrez que, dans ce divertissement, la mort est présente en relevant le champ lexical. Montrez que les deux enfants ont une approche différente de la mort. Pourquoi ?

11 Que révèlent les points de suspension à la fin du chapitre 12 ? Expliquez et envisagez une suite immédiate possible.

Chercher

12 Dans une encyclopédie ou dans un dictionnaire, cherchez les mots : « serment » et « pacte ». Établissez la différence entre les deux.

13 Cherchez dans la littérature et dans la peinture des titres d'œuvres dans lesquelles un pacte ou un serment lie des personnages. Pensez à des pactes d'amitié et à des serments de chevaliers, mais aussi au pacte avec le Diable.

À SAVOIR

LA LOGIQUE DES POSSIBLES NARRATIFS

Dans un récit, à partir d'une première donnée d'action(s) que l'on appelle la « situation initiale », se trouve un élément modificateur. Plusieurs suites sont alors envisageables. Soit les personnages alliés au héros parviennent à rétablir l'ordre initial. Soit ses adversaires mettent en œuvre une stratégie et la fin est néfaste pour le héros. Dans le premier cas, les alliés peuvent surmonter les écueils en usant de la force et combattre les adversaires par la ruse, par la force, ou encore éliminer les adversaires en en faisant des amis du héros. Dans le second cas, les adversaires mettent en œuvre une série d'actions qu'il est impossible de surmonter. Dans les deux cas – et ce point est essentiel –, n'oubliez jamais que des variantes peuvent s'intégrer, dans la mesure où les personnages ne sont jamais totalement bons ni totalement méchants.
C'est pourquoi, dans un récit, des possibilités innombrables (appelées les « possibles narratifs ») s'offrent au narrateur. Dans le conte intitulé *Mystérieuse Garance*, de Nicole Schneegan, le narrateur fait part au lecteur de tous les possibles narratifs auxquels il pense.
Dans notre roman, Fernand est une victime innocente et ignore tout de ce qui l'attend. À la tête du complot, d'autres personnages « tirent les ficelles ». Khadidja et Ali jouent des rôles qui concourent au même but mais, dans le déroulement des opérations, la jeune fille connaît des éléments ignorés par Ali.

Lire

1 Pourquoi le narrateur commence-t-il le chapitre 13 par cet épisode du serment ? Qu'y apporte-t-il de nouveau ? Comment traite-t-il ce sujet ?

2 Quelle transformation s'est opérée chez le narrateur pendant ce court séjour ? Comment l'expliquez-vous ?

3 Quel est l'élément qui fera de nouveau d'Ali, un fedayin ? Notez toutes les fois dans ce chapitre où il est repris par son devoir.

4 Comment le jeune narrateur devine-t-il que l'homme qui lui donne les consignes veut lui parler d'Allah et du destin ?

5 Après avoir reçu les ordres, Ali émet des doutes. Sur quel sujet portent-ils ? Comment sont-il formulés ? Quelle est la raison de ces doutes ?

6 Quel effet Fernand produit-il sur Ali ? Comment ce dernier le ressent-il ?

7 Deux remarques du narrateur montrent qu'il n'aime pas le chef parce qu'il ne le reconnaît pas comme un des siens. Retrouvez ces remarques dans le texte et dites en quoi le narrateur a raison.

À SAVOIR

LE TRAGIQUE DANS *KILLER KID*

La tragédie grecque , au cinquième siècle avant notre ère, place l'homme face à des dieux dont il ne comprend pas toujours les intentions. Désireux d'affirmer sa liberté, le héros tragique de l'Antiquité s'oppose à la toute puissance divine, face à laquelle il ne peut généralement rien. Et le tragique provient précisément de cette faiblesse de l'homme confrontée à des êtres qui le surpassent.

Dans *Killer Kid,* les dieux sont remplacés par un autre type de « puissance » : il s'agit non seulement des hommes au pouvoir, qui se livrent une guerre totale et dont nos héros sont les victimes, mais aussi, par-delà, de l'Histoire, qui apparaît comme une force invincible et comme un véritable personnage du roman. Ali et Fernand sont clairement embarqués dans une intrigue qui ne leur laisse aucun choix. Le sentiment de tragique provient donc ici du même type de mécanisme que dans la tragédie grecque : une immanence dépasse nos héros et préside à leurs destins. Ali et Fernand sont les éternelles victimes des décisions que prennent les puissants. Ils sont surtout les jouets innocents d'une Histoire devenue folle, qui assassine ses propres enfants.

8 Au chapitre 14, quelle est la vision qui frappe Djilali alors qu'il suivait deux garçons dans une grande salle ? Que se passe-t-il pour lui après cette apparition ? Quelles sont ses manifestations physiques ?

9 Quels sont les sentiments successifs de Djilali ? Montrez que la formation qu'il a reçue lui sert aussi contre ses chefs.

Écrire

10 Repérez, dans les chapitres 13 et 14, tous les retours en arrière. Comment sont-ils annoncés ?

11 Ali exprime son émotion ainsi : « mon cœur bat profond ». Son registre est familier. Comment devrait-il dire ? Pourquoi cette nouvelle façon de parler ?

12 Dans les chapitres 13 et 14, relevez les passages qui permettent d'apparenter ce roman à une tragédie et dites pourquoi.

13 Comment Djilali nomme-t-il sa montre qu'il a oubliée sur le lavabo ? En vous appuyant sur ce détail, imaginez une première suite en troquant l'épisode de la montre pour une envie de boire un verre d'eau avant que Khadidja n'ait commis son acte. Le roman aurait-il la même valeur symbolique ?

14 Dans le chapitre 13, en découvrant le corps de Fernand gisant au sol dans un drap, Djilali compose une phrase à son intention qui pourrait servir d'épitaphe sur sa tombe. À votre tour, composez-en une qui lui conviendrait.

15 Le lecteur éprouverait-il la même pitié s'il y avait deux adultes à la place des deux enfants ? Dites pourquoi.

Chercher

16 Dans un dictionnaire des auteurs et des ouvrages littéraires, cherchez des dramaturges auteurs de tragédies et des titres de tragédies dont vous lirez le résumé.

17 Après avoir fait le calcul qui vous permettra de savoir en quelle année se situe l'action, pourriez-vous dire qui est le président français qui doit être assassiné ?

Lire

1 Expliquez cette réflexion de Djilali au chapitre 15 : « Il [le froid] est resté à l'intérieur mais il y resterait toujours à présent ». D'après vous, qu'annonce cette remarque ?

2 Pourquoi Djilali ne peut-t-il plus réfléchir aussi vite qu'il le voudrait ? Que trouverait-il s'il le pouvait ? Comment accepte-t-il cette carence ? Retrouvez, dans le chapitre 14, une expression synonyme.

3 Après avoir vu le film, Djilali conclut que c'est une histoire de trahison comme celle qu'il est en train de vivre. Selon vous, qui sont les traîtres dans ce roman ?

4 Au cours du film, quelle idée vient à Djilali, qui annonce la suite du roman ?

5 Que veut dire le narrateur par : « Il y avait une force dans ces femmes de pierre dressées au milieu des jardins qui me condamnait, moi et les autres » ?

6 En parlant de Denise, Djilali dit : « elle était une fille, c'est tout ». Il l'a dit aussi de sa mère et de Khadidja. Comment comprenez-vous cette remarque ? Quels sont les rapports de Djilali avec les filles, selon vous ? Et pourtant, qu'attend-il de Denise ?

7 Quel sentiment le lecteur peut éprouver pour Djilali ?

Écrire

8 Relisez très attentivement le chapitre 17. Vous êtes un journaliste, témoin de la scène, et vous avez fait votre enquête. Récrivez l'article de journal commentant l'acte de Djilali. N'hésitez pas à vous servir de tout ce que vous a appris le roman depuis le début. Essayez de rendre votre article le plus objectif possible en citant des faits (et non des impressions personnelles) chaque fois que cela est possible.

9 Toujours dans le chapitre 17, observez les passages concernant la différence entre l'art et la vie ? Dites en quoi la vision du narrateur est différente de celle des artistes.

10 Montrez que l'enfant a l'impression de dépasser ses maîtres.

11 Donnez la traduction en anglais de « L'ENFANT TUEUR ». Quelle conclusion en tirez-vous ?

Chercher

12 Procurez-vous un plan ou un guide de Paris, puis, en vous aidant des indications des chapitres 15 à 17, refaites le trajet de Djilali en partant de l'Élysée pour arriver au musée (attention : le « palais blanc » est le palais de Chaillot).

13 Dans une encyclopédie, cherchez des renseignements sur la civilisation étrusque.

14 Quels sont les dieux qui sont représentés avec une tête de chacal, de faucon et de taureau ? À quelle civilisation appartiennent-ils ?

15 Comment se nomme la statue évoquée au chapitre 17, qui représente « une femme avec des ailes déployées » et dont la tête a disparu ?

À savoir

LES VALEURS DE « ON »

« On », pronom personnel indéfini, gomme toutes les distinctions de genre, de nombre et de personne. Il peut donc s'utiliser pour remplacer les pronoms des trois personnes, mais comme sujet seulement. Il peut désigner, suivant les cas :

– la 1re personne du singulier (on parle alors du « on » de modestie : « on s'apercevait que le peintre n'avait jamais vu de blessés » ; Djilali parle ici en son propre nom) ;

– la 2e personne du singulier (on parle alors d'un usage affectif ou hypocoristique du « on », employé généralement pour s'adresser aux enfants : « On va bien dormir, maintenant ! ») ;

– la 3e personne du singulier ou du pluriel (le locuteur évite alors la précision dans la désignation du sujet et s'exclut de la ou des personne(s) dont il parle : « On dit n'importe quoi à la télévision. ») ;

– la 1re personne du pluriel (« on » remplace « nous » de façon incorrecte et désigne un ensemble de personnes dont le locuteur fait partie : « On rentre à Gennevilliers ! ») ;

– la 2e personne du pluriel (« on » désigne un groupe de personnes à qui un locuteur s'adresse avec une nuance d'ironie : « Dans cette classe, pourtant, on travaille, d'habitude ! ») ;

– enfin, « on » peut être sujet grammatical et ne représenter personne (« On dirait que les femmes meurent. » = « Il semble que les femmes meurent. »).

« REGARDE, FERNAND, COMMENT ON S'EN SORT ! »

Lire

1 Djilali dit : « C'était comme si mon âme s'ouvrait ». Expliquez cette expression et notez les mots qui révèlent que les visions du personnage sont à la fois porteuses de paix et d'horreur.

2 Quels sont les projets d'avenir de Djilali ? Comparez-les avec ceux de la veille (chapitre 17). La nuit est passée entre les deux. Quel est le projet qui vous semble le plus réaliste ?

3 Montrez qu'à la fin du roman le narrateur mêle des aspects possibles à ceux qui relèvent de l'imagination que l'on se fait de la « glissade » dans la mort.

Écrire

4 Au fil du chapitre 19, relevez les réflexions qui montrent que le narrateur se persuade qu'il est presque sauvé et indiquez l'endroit à partir duquel le lecteur peut croire que le roman aura une fin heureuse. Comment se nomme la figure de rhétorique qui permet cette anticipation dans l'action ?

5 Dans la cabine téléphonique, le narrateur fait une ellipse dans le déroulement des actions. Comment s'y prend-il ? Quel est l'effet ainsi produit ?

6 Le roman se termine par la mort de Djilali après celle de Fernand. Il y avait d'autres fins possibles. Imaginez que les hommes de l'Élysée arrivent avant que Djilali ne meure. Rédigez la suite immédiate du récit dans ce nouveau contexte. Une autre fin encore est possible. Faites revivre les deux enfants au Paradis, d'où ils voient les hommes sur la terre. Que font-ils et que disent-ils ?

7 On voit bien dans ce roman qui sont les victimes. Mais qui est coupable ? Et de quoi ?

8 Définissez le terme « terrorisme ». Qu'est-ce qui le distingue de l'acte de guerre « classique » ? Connaissez-vous des périodes historiques où il fut employé ?

9 Est-il possible d'admettre la mort d'un innocent ?

Chercher

10 À l'aide d'une carte de la banlieue parisienne, cherchez où se situe l'action et indiquez le trajet en voiture qu'aurait dû faire Djilali s'il avait pu s'échapper.

À SAVOIR

LES FINS DE ROMANS

Les fins de romans varient suivant les genres. Elles peuvent apporter une solution à un problème posé (fin *fermée*) ou laisser en suspens une suite possible (fin *ouverte*) qui laisse imaginer le lecteur et lui permet de s'approprier l'histoire en repartant pour d'autres aventures.

Les romans policiers offrent un exemple typique de romans dont la fin apporte la résolution de l'énigme.

Un roman se clôture totalement lorsque le récit, les personnages et le thème ont opéré une évolution. Pour ce qui concerne le récit de l'histoire, la fin résout le problème posé dans « l'élément modificateur » de la situation initiale. Dans notre roman, l'élément qui fait basculer le récit est la visite des « officiers » qui achètent Djilali pour lui faire commettre un acte terroriste. L'enfant exécutera-t-il le plan élaboré par les hommes ? L'issue du récit n'est pas prévisible au début du roman.

En outre, à la fin de l'histoire, les personnages principaux ont accompli leur œuvre, résolu leur problème ou vécu leur passion et sortent transformés de l'épreuve, riches d'une expérience nouvelle. Dans *Une Vie* de Maupassant, par exemple, Jeanne apprend à ses dépens que la vie qu'elle s'était construite dans ses rêves ne correspond pas à la réalité.

De plus, à la fin du récit, le thème du roman est traité et le lecteur en sait plus sur l'opinion de l'auteur sur ce thème.

Généralement, un roman ne se clôture pas brutalement ; en cours d'ouvrage, des signes annonciateurs font prévoir la fin. C'est le moment des bilans ou des retours dans le passé. Dans *Killer Kid*, le narrateur procède à une « analepse » par l'évocation de son rêve et par ses regrets au sujet de Fernand (« je ne l'ai pas bien protégé. J'aurais dû me méfier de Khadidja »). La fin de *Killer Kid*, curieusement, opère aussi une anticipation ou « prolepse », laissant le lecteur toujours prêt à croire à une fin heureuse.

Certains récits, quand ils évoquent des « tranches de vie », ne connaissent pas de fin véritable, même à la dernière page du roman. C'est le cas des œuvres de Balzac dans la *Comédie humaine* et de celles de Zola dans les *Rougon-Macquart*, qui font naviguer les personnages d'une histoire à l'autre. Ainsi, Rastignac, le célèbre personnage de Balzac, joue un rôle primordial dans *La Peau de chagrin* et se trouve être également l'un des héros du *Père Goriot*.

LE TERRORISME OU L'ACTE TERRORISTE

Le terrorisme désigne des actes violents – attentats, assassinats, prises d'otages, etc. – effectués par des individus isolés ou des groupes organisés dans l'intention de faire aboutir une ou des revendications, qui peuvent aller jusqu'à la prise du pouvoir dans un État.

Le terme « terrorisme » apparaît pour la première fois dans la langue française après la chute de Robespierre. Il désigne alors la politique de Terreur des années 1793-1794. Ceux qui avaient institué la Terreur ne se l'appropriaient pas, pas plus que les Résistants sous le régime de Vichy, dont la cause prenait racine dans l'expression de la liberté. Ce terme, évidemment péjoratif, est donc à utiliser avec précaution et il est essentiel de tenir compte du contexte dans lequel il est employé et du point de vue de celui qui l'emploie.

Le terrorisme pose le problème de la légitimité. Dans un pays démocratique, où les droits de l'homme sont respectés, le terrorisme est inacceptable étant donné que les citoyens disposent d'autres moyens, dont le droit de vote, pour s'exprimer.

Cependant, même dans la pire des dictatures, revendiquer l'état de justice et lutter par le sang pour l'obtenir ne va pas sans poser de nombreux problèmes philosophiques et humains.

On comprend dès lors que de nombreux écrivains, au cours des siècles, se soient intéressés à la question, en l'inscrivant dans le mouvement littéraire et historique de leur époque.

Les extraits qui suivent sont là pour le prouver.

Alfred de Vigny (1797-1863)

Cinq-Mars (1826)

Cinq-Mars est un roman historique qui met en scène les luttes de pouvoir entre Richelieu et le roi Louis XIII. L'action débute en 1639, en Touraine. Autour de la maréchale d'Effiat, les vieux nobles se réunissent et se plaignent beaucoup de la politique de Richelieu. Cinq-Mars, le fils de la maréchale, doit partir rejoindre le roi au siège de Perpignan. Au cours de son voyage, Cinq-Mars assiste à une mascarade de procès. Il s'agit du prêtre Urbain Grandier qui est accusé d'hérésie par un des hommes du Cardinal. Sa nièce, la supérieure de la ville prend la défense du condamné mais le prêtre est torturé et brûlé vif sous les yeux de la foule en colère et de Cinq-Mars qui avait tenté de le délivrer. Ce dernier quitte Loudun et arrive à Perpignan où il fait la connaissance de Richelieu. Il ne tarde pas à comprendre la rivalité qui sépare le roi et son ministre. Au cours d'une bataille, Cinq-Mars s'attire les grâces du roi et la jalousie de Richelieu. Le roi, en compagnie de Cinq-Mars, a dû quitter le siège. Richelieu, resté seul, pense à Cinq-Mars dont il se méfie et souhaite la perte. Tandis qu'il rêve de pouvoirs « sans bornes », sa conscience se déchire car ses yeux tombent soudain sur sa croix de cardinal. Il en est là de sa réflexion, quand une jeune femme entre…

La jeune femme croisa ses bras, et regardant autour d'elle d'un air impérieux, s'écria :

« Retirez-vous, au nom du Dieu des armées : retirez-vous, hommes impurs ! Il n'y a rien de commun entre nous. Je n'entends pas votre

langue, et vous n'entendriez pas la mienne. [...] laissez-moi accomplir ma mission. Conduisez-moi vers le Cardinal !... »

Un rire grossier l'interrompit.

« Crois-tu, dit Carabin de Maurevert, que son éminence le généralissime te reçoive chez lui avec tes pieds nus ? Va les laver.

– Le Seigneur a dit : « Jérusalem, lave ta robe et passe les fleuves », répondit-elle, les bras toujours en croix. « Que l'on me conduise chez le Cardinal ! »

Richelieu cria d'une voix forte :

« Qu'on m'amène cette femme et qu'on la laisse en repos ! »

Tout se tut ; on la conduisit au ministre.

« Pourquoi, dit-elle en le voyant, m'amener devant un homme armé ? »

On la laissa seule devant lui sans répondre.

Le Cardinal avait l'air soupçonneux en la regardant.

« Madame, dit-il, que faites-vous au camp à cette heure ; et si votre esprit n'est pas égaré, pourquoi ces pieds nus ? »

– C'est un vœu, c'est un vœu, répondit la jeune religieuse avec un air d'impatience en s'asseyant près de lui brusquement ; j'ai fait aussi celui de ne pas manger que je n'aie rencontré l'homme que je cherche.

– Ma sœur, dit le Cardinal étonné et radouci en s'approchant pour l'observer, Dieu n'exige pas de telles rigueurs dans un corps faible, et surtout à votre âge, car vous semblez fort jeune.

– Jeune ? oh ! oui, j'étais bien jeune il y a peu de jours encore ; mais depuis j'ai passé deux existences au moins ; j'ai tant pensé et tant souffert : regardez mon visage.

Et elle découvrit une figure parfaitement belle ; des yeux noirs très réguliers y donnaient la vie, mais sans eux on aurait cru que ces traits étaient ceux d'un fantôme, tant elle était pâle ; ses lèvres étaient violettes et tremblaient, un grand frisson faisait entendre le choc de ses dents.

« Vous êtes malade, ma sœur », dit le ministre ému en lui prenant la main, qu'il sentit brûlante. Une sorte d'habitude d'interroger sa santé et celle des autres lui fit toucher le pouls sur son bras amaigri : il sentit les artères soulevées par les battements d'une fièvre effrayante.

« Mais, continua-t-il avec plus d'intérêt, vous vous êtes tuée avec des rigueurs plus grandes que les forces humaines ; je les ai toujours blâmées, et surtout dans un âge tendre. Qui donc a pu vous y porter ? Est-ce pour me le confier que vous êtes venue ? Parlez avec calme et soyez sûre d'être secourue. »

– Se confier aux hommes ! reprit la jeune femme, oh ! non, jamais ! ils m'ont tous trompée ! je ne me confierais à personne, pas même à M. de Cinq-Mars, qui cependant doit bientôt mourir.

– Comment ! dit Richelieu en fronçant le sourcil, mais avec un rire amer ; comment ! vous connaissez ce jeune homme ? est-ce lui qui a fait vos malheurs ?

– Oh ! non, il est bien bon, et il déteste les méchants, c'est ce qui le perdra. D'ailleurs, dit-elle en prenant tout à coup un air dur et sauvage, les hommes sont faibles, et il y a des choses que les femmes doivent accomplir. Quand il ne s'est plus trouvé de vaillants en Israël, Déborah s'est levée. [...]

– Je vous ai entendue demander le Cardinal ; que lui vouliez-vous, enfin ? Qu'êtes-vous venue chercher ?

La religieuse se recueillit et mit un doigt sur son front.

« Je ne m'en souviens plus, dit-elle, vous m'avez trop parlé... J'ai perdu cette idée, c'était pourtant une grande idée... C'est pour elle que je suis condamnée à la faim qui me tue ; il faut que je l'accomplisse, ou je vais mourir avant. Ah ! dit-elle en portant sa main sous sa robe dans son sein, où elle parut prendre quelque chose, la voilà, cette idée... »

Elle rougit tout à coup, et ses yeux s'ouvrirent extraordinairement ; elle continua, en se penchant à l'oreille du Cardinal :

« Je vais vous la dire, écoutez : Urbain Grandier, mon amant Urbain, m'a dit cette nuit que c'était Richelieu qui l'avait fait périr ; j'ai pris un couteau dans une auberge, et je viens ici pour le tuer ; dites-moi où il est. »

Le Cardinal effrayé et surpris, recula d'horreur. Il n'osait appeler ses gardes, craignant les cris de cette femme et ses accusations ; et cependant un emportement de cette folie pouvait lui être fatal.

« Cette histoire affreuse me poursuivra donc partout ! » s'écria-t-il en la regardant fixement, cherchant dans son esprit le parti qu'il devait prendre.

Ils demeurèrent en silence l'un en face de l'autre dans la même attitude, comme deux lutteurs qui se contemplent avant de s'attaquer, ou comme le chien d'arrêt et sa victime pétrifiée par la puissance du regard.

Alfred de Musset (1810-1857)

Lorenzaccio (1834)

En 1537, sous la tyrannie du duc Alexandre de Médicis, le crime et la débauche règnent à Florence. Lorenzo, le cousin du duc, se voue à la restauration de la République. Il a fomenté un attentat contre le duc Alexandre qu'il a soigneusement préparé. Il doit lutter contre les intérêts divergents des grandes familles florentines. Il veut agir seul et entre dans l'entourage du tyran pour devenir son familier. Comme lui, il s'adonne à la débauche. Pour lui plaire, il a donné de lui-même l'image d'un mauvais garçon en feignant des beuveries chez lui. Il raconte son dessein à tous mais personne ne l'en croit capable tant il passe pour un pleutre. Et pourtant…

ACTE IV, SCÈNE X

Chez le Duc, Le Duc, à souper, Giomo. Entre le Cardinal Cibo.

LE CARDINAL
Altesse, prenez garde à Lorenzo.

LE DUC
Vous voilà, Cardinal ! asseyez-vous donc, et prenez un verre.

LE CARDINAL
Prenez garde à Lorenzo, Duc. Il a été demandé ce soir à l'évêque de Marzi la permission d'avoir des chevaux de poste cette nuit.

LE DUC
Cela ne se peut pas.

LE CARDINAL
Je le tiens de l'évêque lui-même.

LE DUC
Allons donc ! je vous dis que j'ai de bonnes raisons pour savoir que cela ne se peut pas.

LE CARDINAL
Me faire croire est peut-être impossible ; je remplis mon devoir en vous avertissant.

LE DUC
Quand cela serait vrai, que voyez-vous d'effrayant à cela ? Il va peut-être à Cafaggiuolo.

LE CARDINAL
Ce qu'il y a d'effrayant, c'est qu'en passant sur la place pour venir ici, je l'ai vu de mes yeux sauter sur des poutres et des pierres comme un fou. Je l'ai appelé, et, je suis forcé d'en convenir, son regard m'a fait peur. Soyez certain qu'il mûrit dans sa tête quelque projet pour cette nuit.

LE DUC

Et pourquoi ces projets me seraient-ils dangereux ?

LE CARDINAL

Faut-il tout vous dire, même quand on parle d'un favori ? Apprenez qu'il a dit ce soir à deux personnes de ma connaissance, publiquement, sur leur terrasse, qu'il vous tuerait cette nuit.

LE DUC

Buvez donc un verre de vin, Cardinal. Est-ce que vous ne savez pas que Renzo est ordinairement gris au coucher du soleil ?

Entre Sire Maurice.

SIRE MAURICE

Altesse, défiez-vous de Lorenzo. Il a dit à trois de mes amis, ce soir, qu'il voulait vous tuer cette nuit.

LE DUC

Et vous aussi, brave Maurice, vous croyez aux fables ? Je vous croyais plus homme que cela.

SIRE MAURICE

Votre Altesse sait si je m'effraye sans raison. Ce que je dis, je puis le prouver.

LE DUC

Asseyez-vous donc, et trinquez avec le cardinal. – Vous ne trouverez pas mauvais que j'aille à mes affaires. – (*Entre Lorenzo.*) Eh bien, mignon, est-il déjà temps ?

LORENZO

Il est minuit tout à l'heure.

LE DUC

Qu'on me donne ma zibeline.

LORENZO

Dépêchons-nous ; votre belle est peut-être déjà au rendez-vous.

LE DUC

Quels gants faut-il prendre ? ceux de guerre ou ceux d'amour ?

LORENZO

Ceux d'amour, Altesse.

LE DUC

Soit, je veux être un vert-galant.

Ils sortent.

[...]

SCÈNE XI

La chambre de Lorenzo. Entrent le Duc et Lorenzo.

LE DUC

Je suis transi, – il fait vraiment froid. (*Il ôte son épée.*) Eh bien, mignon, qu'est-ce que tu fais donc ?

LORENZO

Je roule votre baudrier autour de votre épée, et je la mets sous votre chevet. Il est bon d'avoir toujours une arme sous la main.

Il entortille le baudrier de manière à empêcher l'épée de sortir du fourreau.

LE DUC

Tu sais que je n'aime pas les bavardes, et il m'est revenu que la Catherine était une belle parleuse. Pour éviter les conversations, je vais me mettre au lit. – À propos, pourquoi donc as-tu fait demander des chevaux de poste à l'évêque de Marzi ?

LORENZO

Pour aller voir mon frère qui est très malade, à ce qu'il m'écrit.

LE DUC

Va donc chercher ta tante.

LORENZO

Dans un instant.

Il sort.

LE DUC, *seul.*

Faire la cour à une femme qui vous répond « oui » lorsqu'on lui demande « oui ou non », cela m'a toujours paru très sot, et tout à fait digne d'un Français. Aujourd'hui surtout que j'ai soupé comme trois moines, je serais incapable de dire seulement : « Mon cœur, ou mes chères entrailles », à l'infante d'Espagne. Je veux faire semblant de dormir ; ce sera peut-être cavalier mais ce sera commode.

Il se couche. – Lorenzo rentre l'épée à la main.

LORENZO

Dormez-vous, Seigneur ?

Il le frappe.

LE DUC

C'est toi Renzo ?

LORENZO

Seigneur, n'en doutez pas.

Il le frappe de nouveau. – Entre Scoronconcolo.

SCORONCONCOLO
Est-ce fait ?

LORENZO
Regarde, il m'a mordu le doigt. Je garderai jusqu'à la mort cette bague sanglante, inestimable diamant.

SCORONCONCOLO
Ah ! mon Dieu ! C'est le duc de Florence !

LORENZO, *s'asseyant sur le bord de la fenêtre.*
Que la nuit est belle ! Que l'air du ciel est pur ! Respire, respire, cœur navré de joie.

SCORONCONCOLO
Viens, Maître, nous en avons trop fait ; sauvons-nous.

LORENZO
Que le vent du soir est doux et embaumé ! Comme les fleurs des prairies s'entrouvrent ! Ô nature magnifique, ô éternel repos !

SCORONCONCOLO
Le vent va glacer sur votre visage la sueur qui en découle. Venez, Seigneur.

LORENZO
Ah ! Dieu de bonté ! quel moment !

SCORONCONCOLO, *à part.*
Son âme se dilate singulièrement. Quant à moi, je prendrai les devants.

Il veut sortir.

LORENZO
Attends ! Tire ces rideaux. Maintenant, donne-moi la clef de cette chambre.

SCORONCONCOLO
Pourvu que les voisins n'aient rien entendu !

LORENZO
Ne te souviens-tu pas qu'ils sont habitués à notre tapage ? Viens, partons.

Ils sortent.

Albert Camus (1913-1960)

Les Justes (1950)

Un groupe de terroristes appartenant à l'organisation socialiste révolutionnaire s'apprête à lancer une bombe sur la calèche qui conduit le grand-duc Serge, au théâtre. Tout est prêt, mais un détail arrête le bras du héros. Il n'était pas prévu que ses neveux l'accompagnent. Il veut abattre le despotisme, mais non des enfants innocents. Tout est à reprendre. Kaliayev, un terroriste de l'organisation exécutera l'acte fatal deux jours plus tard. La grande-duchesse veut sauver Kaliayev et lui rend visite dans sa prison mais il refuse. Ses amis apprennent cette démarche et sont fiers que leur camarade n'ait pas trahi.

ACTE TROISIÈME

KALIAYEV, *brutalement.*
Tais-toi. Mon cœur ne me parle que de toi. Mais tout à l'heure, je ne devrai pas trembler.

DORA, *égarée.*
Tout à l'heure ? Oui, j'oubliais… (*Elle rit comme si elle pleurait.*)

Non, c'est très bien, mon chéri. Ne sois pas fâché, je n'étais pas raisonnable. C'est la fatigue. Moi non plus, je n'aurais pas pu le dire. Je t'aime du même amour un peu fixe, dans la justice et les prisons ? L'été, Yanek, tu te souviens ? Mais non, c'est l'éternel hiver. Nous ne sommes pas de ce monde, nous sommes des justes. Il y a une chaleur qui n'est pas pour nous. (*Se détournant.*) Ah ! pitié pour les justes !

KALIAYEV, *la regardant avec désespoir.*

Oui, c'est là notre part, l'amour est impossible. Moi, je tuerai le grand-duc, et il y aura alors une paix, pour toi comme pour moi.

DORA

La paix ! Quand la trouverons-nous ?

KALIAYEV, *avec violence.*

Le lendemain.

Entrent Annenkov et Stepan. Dora et Kaliayev s'éloignent l'un de l'autre.

ANNENKOV

Yanek !

KALIAYEV

Tout de suite. (*Il respire profondément.*) Enfin, enfin…

STEPAN, *venant vers lui.*

Adieu, frère, je suis avec toi.

KALIAYEV

Adieu, Stepan. (*Il se tourne vers Dora.*) Adieu Dora.

Dora va vers lui. Ils sont tout près l'un de l'autre, mais ne se toucheront pas.

DORA

Non, pas adieu. Au revoir. Au revoir, mon chéri. Nous nous retrouverons.

Il la regarde. Silence.

KALIAYEV

Au revoir. Je… La Russie sera belle.

DORA, *dans les larmes.*

La Russie sera belle.

Kaliayev se signe devant l'icône. Ils sortent avec Annenkov. Stepan toujours à la fenêtre. Dora ne bouge pas, regardant toujours la porte.

STEPAN

Comme il marche droit. J'avais tort, tu vois, de ne pas me fier à Yanek. Je n'aimais pas son enthousiasme. Il s'est signé, tu as vu ? Est-il croyant ?

DORA

Il ne pratique pas.

STEPAN

Il a l'âme religieuse, pourtant. C'est cela qui nous séparait. Je suis plus âpre que lui, je le sais bien. Pour nous qui ne croyons pas à Dieu, il faut toute la justice ou c'est le désespoir.

DORA

Pour lui, la justice elle-même est désespérante.

STEPAN

Oui, une âme faible. Mais la main est forte. Il vaut mieux que son âme. Il le tuera, c'est sûr. Cela est bien, très bien même. Détruire, c'est ce qu'il faut. Mais tu ne dis rien ? (*Il l'examine.*) Tu l'aimes ?

DORA

Il faut du temps pour aimer. Nous avons à peine assez de temps pour la justice.

STEPAN

Tu as raison. Il y a trop à faire ; il faut ruiner ce monde de fond en comble… Ensuite… (*À la fenêtre.*) Je ne les vois plus, ils sont arrivés.

DORA

Ensuite…

STEPAN

Nous nous aimerons.

DORA

Si nous sommes là.

STEPAN

D'autres s'aimeront. Cela revient au même.

DORA

Stepan, dis « la haine »

STEPAN

Comment ?

DORA

Ces deux mots, « la haine », prononce-les.

STEPAN

La haine.

DORA

C'est bien. Yanek les prononçait très mal.

STEPAN, *après un silence, et marchant vers elle.*

Je comprends : tu me méprises. Es-tu sûre d'avoir raison, pourtant ? (*Un silence, et avec une violence croissante.*) Vous êtes tous à marchander ce que vous faites, au nom de l'ignoble amour. Mais moi, je n'aime rien et je hais, oui, je hais mes semblables ! Qu'ai-je à faire avec leur amour ? Je l'ai connu au bagne, voici trois ans. Et depuis trois ans, je le porte sur moi. Tu voudrais que je m'attendrisse et que je traîne la bombe comme une croix ? Non ! Non ! je suis allé trop loin, je sais trop de choses… Regarde…

Il déchire sa chemise. Dora a un geste vers lui. Elle recule devant les marques du fouet.

Ce sont les marques ! Les marques de leur amour ! Me méprises-tu maintenant ?

Elle va vers lui et l'embrasse brusquement.

DORA

Qui mépriserait la douleur ? Je t'aime aussi.

STEPAN, *il la regarde et sourdement.*

Pardonne-moi, Dora. (*Un temps. Il se détourne.*) Peut-être la fatigue. Des années de lutte, l'angoisse, les mouchards, le bagne… et pour finir, ceci. (*Il montre les marques.*) Où trouverais-je la force d'aimer ? Il me reste au moins celle de haïr. Cela vaut mieux que de ne rien sentir.

DORA

Oui, cela vaut mieux.

Il la regarde. Sept heures sonnent.

STEPAN, *se retournant brusquement.*

Le grand-duc va passer.

Dora va vers la fenêtre et se colle aux vitres. Long silence. Et puis, dans le lointain, la calèche. Elle se rapproche, elle passe.

STEPAN

S'il est seul…

La calèche s'éloigne. Une terrible explosion. Soubresaut de Dora qui cache sa tête dans ses mains. Long silence.

STEPAN
Boria n'a pas lancé sa bombe ! Yanek a réussi. Réussi ! ô peuple ! ô joie !

DORA, *s'abattant en larmes sur lui.*
C'est nous qui l'avons tué ! C'est nous qui l'avons tué ! C'est moi.

STEPAN, *criant.*
Qui avons-nous tué ? Yanek ?

DORA
Le grand-duc.

Jean-Paul Sartre (1905-1980)

Les Mains sales (1948)

À la fin de la Deuxième Guerre mondiale, un groupe du parti communiste se demande comment prendre le pouvoir dans l'Illyrie, pays imaginaire d'Europe centrale encore dirigé par des fascistes. Hoederer, un des responsables du parti se compromet, selon eux, en voulant une alliance momentanée avec les conservateurs et les libéraux. Hugo Barine, un jeune bourgeois en rupture avec sa classe, est en mal d'action. Olga, une révolutionnaire communiste, est prête à lui faire confiance et demande qu'on lui donne la mission de tuer Hoederer et pour ce faire il se fera engager comme secrétaire. Il va s'installer chez lui avec Jessica, sa femme. Seulement, il tarde à exécuter les ordres. Il finit par réaliser son acte même si ce qui le déclenche n'était pas prévu par la cause du parti.

SIXIÈME TABLEAU, SCÈNE III

Jessica, Hoederer

HOEDERER
C'est encore toi, poison ? Qu'est-ce que tu veux ?

JESSICA
J'étais assise sur le rebord de la fenêtre et j'ai tout entendu.

HOEDERER
Après ?

JESSICA
J'ai eu peur.

HOEDERER
Tu n'avais qu'à t'en aller.

JESSICA
Je ne pouvais pas vous laisser.

HOEDERER
Tu n'aurais pas été d'un grand secours.

JESSICA
Je sais. (*Un temps.*) J'aurais peut-être pu me jeter devant vous et recevoir les balles à votre place.

HOEDERER
Tu es romanesque !

JESSICA
Vous aussi.

HOEDERER
Quoi ?

JESSICA

Vous aussi, vous êtes romanesque : pour ne pas l'humilier, vous avez risqué votre peau.

HOEDERER

Si on veut en connaître le prix, il faut la risquer de temps en temps.

JESSICA

Vous lui proposiez votre aide et il ne voulait pas l'accepter et vous ne vous découragiez pas et vous aviez l'air de l'aimer.

HOEDERER

Après ?

JESSICA

Rien. C'était comme ça, voilà tout.

Ils se regardent.

HOEDERER

Va-t'en ! (*Elle ne bouge pas.*) Jessica, je n'ai pas l'habitude de refuser ce que l'on m'offre et voilà six mois que je n'ai pas touché à une femme. Il est encore temps de t'en aller mais dans cinq minutes il sera trop tard. Tu m'entends ? (*Elle ne bouge pas.*) Ce petit n'a que toi au monde et il va au-devant des pires embêtements. Il a besoin de quelqu'un qui lui rende courage.

JESSICA

Vous, vous pouvez lui rendre courage. Pas moi. Nous ne nous faisons que du mal.

HOEDERER

Vous vous aimez.

JESSICA

Même pas. On se ressemble trop.

Un temps.

HOEDERER
Quand est-ce arrivé ?

JESSICA
Quoi ?

HOEDERER, *geste.*
Tout ça. Tout ça, dans ta tête ?

JESSICA
Je ne sais pas. Hier, je pense, quand vous m'avez regardée et que vous aviez l'air d'être seul.

HOEDERER
Si j'avais su…

JESSICA
Vous ne seriez pas venu ?

HOEDERER
Je… (*Il la regarde et hausse les épaules. Un temps.*) Mais Bon Dieu ! si tu as du vague à l'âme, Slick et Léon sont là pour te distraire. Pourquoi m'as-tu choisi ?

JESSICA
Je n'ai pas de vague à l'âme et jes n'ai choisi personne. Je n'ai pas eu besoin de choisir.

HOEDERER
Tu m'embêtes. (*Un temps*) Mais qu'attends-tu ? Je n'ai pas le temps de m'occuper de toi ; tu ne veux pourtant pas que je te renverse sur ce divan et que je t'abandonne ensuite.

JESSICA
Décidez.

HOEDERER

Tu devrais pourtant savoir…

JESSICA

Je ne sais rien, je ne suis ni femme ni fille, j'ai vécu dans un songe et quand on m'embrassait ça me donnait envie de rire. A présent je suis là devant vous, il me semble que je viens de me réveiller et que c'est le matin. Vous êtes vrai. Un homme de chair et d'os, j'ai vraiment peur de vous et je crois que je vous aime pour de vrai. Faites de moi ce que vous voudrez : quoi qu'il arrive, je ne vous reprocherai rien.

HOEDERER

Ça te donne envie de rire quand on t'embrasse ? (*Jessica baisse la tête.*) Hein ?

JESSICA

Oui.

HOEDERER

Alors, tu es froide ?

JESSICA

C'est ce qu'ils disent.

HOEDERER

Et toi, qu'en penses-tu ?

JESSICA

Je ne sais pas.

HOEDERER

Voyons. (*Il l'embrasse.*) Eh bien ?

JESSICA

Ça ne m'a pas donné envie de rire.

La porte s'ouvre, Hugo entre.

SCÈNE IV

Hoederer, Hugo, Jessica

HUGO
C'était donc ça ?

HOEDERER
Hugo...

HUGO
Ça va. (*Un temps.*) Voilà donc pourquoi vous m'avez épargné. Je me demandais : pourquoi ne m'a-t-il pas fait abattre ou chasser pas ses hommes. Je me disais : ça n'est pas possible qu'il soit si fou ou si généreux. Mais tout s'explique : c'était à cause de ma femme. J'aime mieux ça.

JESSICA
Écoute...

HUGO
Laisse donc, Jessica, laisse tomber. Je ne t'en veux pas et je ne suis pas jaloux ; nous ne nous aimions pas. Mais lui, il a bien failli me prendre à son piège. « Je t'aiderai, je te ferai passer à l'âge d'homme. » Que j'étais bête. Il se foutait de moi.

HOEDERER
Hugo, veux-tu que je te donne ma parole que...

HUGO
Mais ne vous excusez pas. Je vous remercie au contraire ; une fois au moins vous m'aurez donné le plaisir de vous avoir déconcerté. Et puis... et puis... (*Il bondit jusqu'au bureau, prend le revolver et le braque sur Hoederer.*) Et puis vous m'avez délivré.

JESSICA, *criant.*
Hugo !

HUGO
Vous voyez, Hoederer, je vous regarde dans les yeux et je vise et ma main ne tremble pas et je me fous de ce que vous avez dans la tête.

HOEDERER
Attends, petit ! Ne fais pas de bêtises. Pas pour une femme !

Hugo tire trois coups. Jessica se met à hurler. Slick et Georges entrent dans la pièce.

HOEDERER
Imbécile. Tu as tout gâché.

SLICK
Salaud !

Il tire son revolver.

HOEDERER
Ne lui faites pas de mal. (*Il tombe dans un fauteuil.*) Il a tiré par jalousie.

SLICK
Qu'est-ce que ça veut dire ?

HOEDERER
Je couchais avec la petite. (*Un temps.*) Ah ! c'est trop con !

Il meurt.

John Le Carré (né en 1932)

La Petite Fille au tambour (1982)

Un attentat a eu lieu contre la famille de l'attaché du travail israélien à Bonn, plus exactement, contre un de ses oncles, qui est talmudiste. L'enquête n'avance pas, mais on sait qu'il s'agit d'une bombe artisanale dont la fabrication ressemble à celle de Yanuka, frère du chef du commando palestinien à démanteler. En suivant cette filière, Kurtz, terroriste israëlien, et son équipe parviendront à remonter jusqu'au « cerveau » de l'organisation terroriste palestinienne. Le stratagème compliqué mis en place utilise Charlie, une actrice professionnelle, choisie pour ses penchants révolutionnaires et ses talents de comédienne. Elle sera censée être la maîtresse de Yanuka, frère idéologique et de sang de la tête du réseau : Khalil. Joseph, un des terroristes israéliens qui œuvre auprès de Kurz, lui apprend tout de Yanuka son pseudo-amant. Il lui dicte tous ses faits et gestes puis la laisse manœuvrer tout en la guidant de plus ou moins loin pour qu'elle parvienne à les approcher. Grâce à elle, Kurtz et ses acolytes peuvent arriver jusqu'à Khalil et l'abattre.

« Pour qui travailles-tu, Charlie ? Pour les Allemands ? »

Elle fit non de la tête.

« Pour les sionistes ? »

Il prit son silence pour un acquiescement.

« Tu es juive ?

Non.

Alors tu crois en Israël ? Qu'est-ce que tu es ?

Rien, répliqua-t-elle.

Es-tu chrétienne ? Les considères-tu comme les fondateurs de ta grande religion ? »

Elle fit un nouveau signe de dénégation.

« C'est pour de l'argent alors ! Ils t'ont achetée ? Fait chanter ? »

Elle avait envie de crier. Elle serra les poings et emplit ses poumons d'air. Mais le chaos la suffoqua et elle se mit à sangloter. « C'était pour sauver des vies. Pour participer à quelque chose. Pour être quelqu'un. Je l'aimais.

– As-tu trahi mon frère ? »

La boule qui obstruait sa gorge disparut et sa voix devint plate, atone, morte.

« Je ne le connaissais pas. Je ne lui ai jamais parlé de ma vie. Ils me l'ont montré avant de le tuer, tout le reste a été inventé. Notre histoire d'amour, ma conversation... Tout. Je n'ai même pas écrit les lettres, elles sont d'eux. Ils ont écrit la dernière lettre que tu as reçue. Celle qui parle de moi. Je suis tombée amoureuse de l'homme qui veillait sur moi. C'est tout. »

Lentement, sans agressivité, il leva la main gauche pour lui toucher la joue, comme s'il voulait s'assurer que la jeune femme existait vraiment. Il contempla le bout de ses doigts puis la dévisagea de nouveau, comme s'il s'abîmait dans une contemplation intérieure.

« Tu es donc de ces Anglais qui ont livré mon pays », constata-t-il tranquillement, semblant avoir du mal à croire ce qu'il voyait.

Il leva la tête, et Charlie vit ses traits se tordre en une grimace de désapprobation puis, sous la puissance de l'arme avec laquelle Joseph avait tiré, prendre feu. On avait enseigné à Charlie de ne pas bouger lorsqu'elle appuyait sur la détente, mais Joseph ne respectait pas cette règle. Il ne se fiait pas à l'œuvre de ses balles et courait après elles, semblant vouloir arriver le premier sur la cible. Il franchit la porte avec la précipitation d'un intrus ordinaire mais, au lieu de s'arrêter, se jeta en avant tout en faisant feu. Il tira, les deux bras complètement tendus, comme s'il voulait réduire encore la distance qui le séparait de son point de mire. Elle vit le visage de Khalil exploser, elle vit l'homme tourner sur lui-même puis lever les bras vers le mur pour implorer son aide. Les balles pénétrèrent alors dans son dos, sacrifiant sa belle chemise blanche. Ses mains s'aplatirent contre le mur – l'une de cuir, l'autre de chair – et son corps déchiqueté s'affaissa en une posture de rugbyman dans la mêlée tandis qu'il essayait encore de traverser la paroi. Mais Joseph s'était suffisamment rapproché pour le déséquilibrer d'un coup de pied et hâter ainsi son dernier voyage jusqu'au sol. Après Joseph, Litvak pénétra dans la chambre, Litvak qu'elle connaissait sous le nom de Mike et qu'elle avait toujours soupçonné, elle s'en rendait compte maintenant, d'être une nature malsaine. Au moment où Joseph se reculait, Litvak s'agenouilla et logea une dernière balle dans la nuque de Khalil, ce qui paraissait totalement superflu. À la suite de Mike firent irruption dans la pièce la moitié de tous les bourreaux du monde, en costume d'hommes-grenouilles, ainsi que Marty, fouine allemande et au moins deux mille brancardiers, ambulanciers, médecins et femmes sévères qui la tenaient, nettoyaient la vomissure dont elle s'était maculée, et l'entraînaient dans le couloir puis dans le bon air frais et divin qui ne parvint pas à dissiper l'odeur chaude et visqueuse de sang qui lui emplissait les narines et la gorge.

Pour la collection « Classiques & Contemporains », *Claude Klotz a accepté de répondre aux questions de Marie Lescure, professeur de Lettres, auteur du présent appareil pédagogique.*

MARIE LESCURE : Je souhaiterais que vous me donniez des indications au sujet de votre roman, *Killer Kid*, mais auparavant pourriez-vous apporter quelques précisions au sujet de votre vie. Dans *Povchéri* vous répétez votre ennui de l'école et vous présentez une mère indifférente à tout, un père employé dans les chemins de fer, et vous évoquez la Comédie-Française, le dimanche après-midi.

CLAUDE KLOTZ : Si vous avez lu ce roman, vous savez tout sur moi. (*Il rit.*) Ce qui est vrai, c'est mon horreur pour l'école. J'y ai eu des instituteurs très durs et humiliants. Plus tard, quand j'ai vendu mon premier roman à un million d'exemplaires, j'ai voulu retrouver celui qui m'avait fait le plus souffrir pour lui montrer que je ne finissais pas sous les ponts comme il me l'avait prédit. Malheureusement, il était mort. J'étais triste. Bien sûr, de ne pas pouvoir lui montrer qu'il s'était trompé. La mère de *Povchéri* n'a ceci de commun avec la mienne qu'elle acceptait son sort mais elle a été une bonne mère. Le début de ma vie s'est déroulé à Marseille sous le soleil. J'ai eu une petite enfance très heureuse jusqu'à mon arrivée dans la région parisienne. C'était la guerre, tout était gris. Il y avait les restrictions et la seule sortie que nous faisions était à la Comédie-Française parce qu'il y avait des places bon marché mais très haut perchées. Je ne voyais pas tout mais j'ai eu quand même la chance de voir jouer de grands acteurs comme Pierre Dux et Jean Weber.

M. L. : Vos romans policiers sont signés Claude Klotz et les autres Patrick Cauvin. Y a-t-il une raison à cette distinction ? Pourquoi de nouveau revenir à Claude Klotz pour *Killer Kid*, qui est écrit en 1988 ?

C. K. : Quand j'ai commencé à écrire je ne voyais pas d'inconvénient à signer de mon propre nom. Mais un jour, j'ai voulu changer de genre littéraire et mon éditeur m'a demandé de prendre un pseudonyme pour que les lecteurs s'y retrouvent. Je ne voulais pas me cacher particulièrement, aussi j'ai pris le nom de ma mère : Cauvin et comme il fallait prendre un prénom, Jean-Claude Lattès m'a proposé Patrick puisque c'était traduisible dans toutes les langues. Klotz est attaché aux romans noirs et Cauvin aux autres, c'est la raison pour laquelle j'ai choisi Klotz pour *Killer Kid*, qui est quand même très noir.

M. L. : Vous avez fait la chronique cinéma du journal *Pilote* et vous écrivez des scénarios. Est-ce que vous écrivez aussi les scénarios des films qui sont tirés de vos romans ?

C. K. : Non. D'ailleurs, je ne suis pas toujours ravi de ces films. Surtout pour *Killer Kid*, le metteur en scène a voulu une *happy end.* Les enfants ne meurent pas et la gardienne de la tour qui assassine l'un des deux enfants dans le roman est, dans le film, une pin-up droguée. Même pour les scénarios, parfois je suis étonné de mes répliques dans la bouche des acteurs. Je ne retrouve plus l'intention que j'y avais mise. Mais c'est ainsi, le texte ne m'appartient plus.

M. L. : Qu'est-ce qui vous a amené à écrire des scénarios et continuez-vous, actuellement, à travailler pour le cinéma ?

C. K. : J'aime cet exercice. C'est une sorte de récréation. Créer une ambiance, jouer avec les mots et puis j'aime les dialogues, les répliques. J'ai fait dernièrement des scénarios pour des films de Patrice Leconte : *Félix et Lola* et *Le Mari de la coiffeuse.*

M. L. : Quels sont vos romans qui ont été portés à l'écran ?

C. K. : Il y en a six : *Pourquoi pas nous ?*, *Monsieur Papa*, *Dracula Père et Fils*, *E = MC2, mon amour*, dont le titre au cinéma est *I love you, je t'aime*, *Théâtre dans la nuit*, *Villa Vanille* et *Iaroslav*, qui n'est pas encore sorti.

M. L. : Quand vous avez écrit *Killer Kid*, y a-t-il eu un événement politique qui a motivé votre choix ?

C. K. : Non. L'idée de ce bouquin m'est venue en regardant un journal télévisé. Il s'agissait du Noël des enfants du personnel de l'Élysée et le président de l'époque, Giscard d'Estaing, remettait les cadeaux. Je me suis posé la question de sa protection qui n'avait pas l'air évidente et je me suis dit qu'un gosse, enfant-soldat, pourrait très bien lui tirer dessus.

M. L. : Vu les repères temporels que nous avons, le président qui est visé dans le roman ne peut pas être Giscard.

C. K. : Non, ce n'est pas lui. J'ai écrit ce roman en 1988. L'idée avait fait son chemin.

M. L. : Vous avez rendu l'atmosphère des lieux avec beaucoup de réalisme, vous êtes-vous rendu sur place au Moyen-Orient ?

C. K. : Non, j'ai fait d'autres voyages qui ont servi de décors à mes romans, mais là, non, je n'y suis pas allé. J'ai lu des bouquins sur la question.

M. L. : Ce roman touche un sujet brûlant. Vous êtes-vous engagé, un jour, dans une lutte politique ?

C. K. : Oui, avant de partir à l'armée en 1958, je luttais pour « la paix en Algérie » et puis aussi au moment de Mai 68, j'ai été très militant.

M. L. : Dans *Killer Kid*, l'enfant est acheté par des schekels, des billets syriens, des billets jordaniens et des dollars. Est-ce par désir de ne pas prendre parti pour un camp ou un autre ?

C. K. : Ce que j'ai voulu surtout montrer, c'est le fait, qui est vrai, qu'il y a des enfants-soldats et que des salauds enlèvent ou achètent des gosses pour leur mettre une arme entre les mains. J'aurais pu choisir un petit Noir ou un Asiatique mais j'ai voulu qu'il y ait une ressemblance avec un petit Maghrébin.

M. L. : Il est vrai que, de ces deux enfants, on aurait du mal à dire celui que vous préférez. Y a-t-il des personnages qui vous émeuvent plus que d'autres ?

C. K. : Dans ce bouquin, ce sont les deux mômes mes préférés, l'amitié qui les lie. Les autres ne sont que des comparses. Pour les autres romans, dans l'ensemble, j'aime tous mes personnages. On peut retrouver des caractéristiques communes à beaucoup. Certaines héroïnes, surtout, sont la même femme qui court d'un roman à l'autre.

M. L. : Vous optez parfois pour un plan alterné, vous l'aviez fait pour *E = MC2, mon amour*. Les deux enfants se partagent la narration du roman, un chapitre pour chacun jusqu'à la mort de Fernand où Djilali devient le seul narrateur. Quelle est la raison de ce choix ?

C. K. : C'est l'influence du cinéma américain. Ce montage en parallèle met les héros à égalité. Cela crée une attente du lecteur jusqu'au moment où ils se rencontrent.

M. L. : Comment pratiquez-vous avant de rédiger ? Prenez-vous des notes sur des scènes de la vie quotidienne ? Faites-vous un plan précis ?

C. K. : Non, je ne prends jamais de notes, je ne me balade pas avec un carnet. Avant de commencer un roman je fais un plan avec un ou deux axes, je sais où je vais mais quand je me mets à ma table de travail, je ne sais pas exactement ce qui va se passer pour mes personnages. Ils naissent au fil de la plume. Comme d'ailleurs, je ne les décris pas, cela bloque l'imagination du lecteur.

M. L. : Quel est votre sentiment quand vous avez fini un roman ?

C. K. : Il est double : satisfaction d'avoir fini et tristesse de quitter un univers.

M. L. : Est-ce que vous suivez vos romans quand ils sont édités ?

C. K. : Non. C'est le hasard des médias qui joue à partir de ce moment-là.

Mars 2001.

BIBLIOGRAPHIE

• Sur le thème de l'enfant dans la guerre

– Hans Peter Richter, *Mon ami Frédéric*, Éditions Hachette, 1979.
– Christine Arnothy, *J'ai quinze ans et je ne veux pas mourir*, Éditions Fayard, 1981.
– Patrick Cauvin, *Povchéri*, Éditions Albin Michel, 1987.
– Fred Uhlman, *L'Ami retrouvé*, Éditions Gallimard, 1990.
– Jean Guilloré, *Les Fugitifs*, Éditions Bayard, 1991.
– Anne Franck, *Journal*, L. G. F., 1992.
– Michèle Lagabrielle, *Les Colombes du Liban*, Éditions Bayard, 1992.
– Agota Christof, *Le Grand Cahier*, Éditions du Seuil, 1995.
– Thierry Jonquet, *Un Enfant dans la guerre*, Éditions Gallimard, 1995.
– Jacques Delval, *Le Train d'El Kantara*, Éditions Flammarion, 1998.
– Lucien-Guy Touati, *Et puis je suis parti d'Oran*, Éditions Flammarion, 2000.
– Ahmadou Kourouma, *Allah n'est pas obligé*, Éditions du Seuil, 2000.

• Pour mieux comprendre l'histoire du Moyen-Orient

– John Pimlott, *Le Moyen-Orient, source de conflits*, Éditions Gamma, 1992.

FILMOGRAPHIE

• Sur les enfants et la guerre et sur le Moyen-Orient

– *Exodus*, d'Otto Preminger, 1960.
– *Histoire d'une terre*, de Simone Bitton, 1993.
– *L'Attentat*, de Simone Bitton, 1999.
– *Genet à Chatila*, de Richard Dindo, 1999.
– *Al Sabbar*, de Patrick Bürge, 2000.
– *Kippour*, d'Amos Gitaï, 2000.

• Films tirés des romans de Claude Klotz / Patrick Cauvin

– *Dracula Père et Fils*, d'Édouard Molinaro, 1976.
– *Monsieur Papa*, de Philippe Monnier, 1977.
– *I love you, je t'aime*, de George Roy Hill, 1979.

VISITER

• Pour mieux connaître le monde arabe
Institut du Monde Arabe
1, rue des Fossés Saint-Bernard, 75005, Paris.
Tél. : 01 40 51 38 38.

• Pour avoir des idées d'actions humanitaires
Délégation permanente du Liban auprès de l'U. N. E. S. C. O.
1, rue Miollis, 75015 Paris.
Tél. : 01 45 67 34 88.

CONSULTER INTERNET

– http ://guidelecture.citeweb.net/emc2.html
– http ://www.cinema-tv.com/video/filmalapage/ptvideo/filmalapage54.htm
– www.monde-diplomatique.fr/index/sujet/conflitisraeloarabe
– http ://www.amazon.com/exec/obidos/wishlist

Dans la collection

Classiques & Contemporains

SÉRIES COLLÈGE ET LYCÉE

1 **Mary Higgins Clark,** *La Nuit du renard*
2 **Victor Hugo,** *Claude Gueux*
3 **Stephen King,** *La Cadillac de Dolan*
4 **Pierre Loti,** *Le Roman d'un enfant*
5 **Christian Jacq,** *La Fiancée du Nil*
6 **Jules Renard,** *Poil de Carotte* (comédie en un acte), suivi de *La Bigote* (comédie en deux actes)
7 **Nicole Ciravégna,** *Les Tambours de la nuit*
8 **Sir Arthur Conan Doyle,** *Le Monde perdu*
9 **Poe, Gautier, Maupassant, Gogol,** *Nouvelles fantastiques*
10 **Philippe Delerm,** *L'Envol*
11 *La Farce de Maître Pierre Pathelin*
12 **Bruce Lowery,** *La Cicatrice*
13 **Alphonse Daudet,** *Contes choisis*
14 **Didier van Cauwelaert,** *Cheyenne*
15 **Honoré de Balzac,** *Sarrasine*
16 **Amélie Nothomb,** *Le Sabotage amoureux*
17 **Alfred Jarry,** *Ubu roi*
18 **Claude Klotz,** *Killer Kid*
19 **Molière,** *George Dandin*
20 **Didier Daeninckx,** *Cannibale*
21 **Prosper Mérimée,** *Tamango*
22 **Roger Vercel,** *Capitaine Conan*
23 **Alexandre Dumas,** *Le Bagnard de l'Opéra*
24 **Albert t'Serstevens,** *Taïa*
25 **Gaston Leroux,** *Le Mystère de la chambre jaune*
26 **Éric Boisset,** *Le Grimoire d'Arkandias*
27 **Robert Louis Stevenson,** *Le Cas étrange du Dr Jekyll et de M. Hyde*
28 **Vercors,** *Le Silence de la mer*
29 **Stendhal,** *Vanina Vanini*

30 **Patrick Cauvin,** *Menteur*
31 **Charles Perrault, Mme d'Aulnoy, etc.,** *Contes merveilleux*
32 **Jacques Lanzmann,** *Le Têtard*
33 **Honoré de Balzac,** *Les Secrets de la princesse de Cadignan*
34 **Fred Vargas,** *L'Homme à l'envers*
35 **Jules Verne,** *Sans dessus dessous*
36 **Léon Werth,** *33 jours*
37 **Pierre Corneille,** *Le Menteur*
38 **Roy Lewis,** *Pourquoi j'ai mangé mon père*
39 **Charles Baudelaire,** *Les Fleurs du Mal*
40 **Yasmina Reza,** *« Art »*
41 **Émile Zola,** *Thérèse Raquin*
42 **Éric-Emmanuel Schmitt,** *Le Visiteur*
43 **Guy de Maupassant,** *Les deux Horla*
44 **H. G. Wells,** *L'Homme invisible*
45 **Alfred de Musset,** *Lorenzaccio*
46 **René Maran,** *Batouala*
47 **Paul Verlaine,** *Confessions*
48 **Voltaire,** *L'Ingénu*
49 **Sir Arthur Conan Doyle,** *Trois Aventures de Sherlock Holmes*
50 *Le Roman de Renart*
51 **Fred Uhlman,** *La Lettre de Conrad*
52 **Molière,** *Le Malade imaginaire*
53 **Vercors,** *Zoo ou l'Assassin philanthrope*
54 **Denis Diderot,** *Supplément au Voyage de Bougainville*
55 **Raymond Radiguet,** *Le Diable au corps*
56 **Gustave Flaubert,** *Lettres à Louise Colet*

SÉRIE ANGLAIS

1 **Roald Dahl,** *Three Selected Short Stories*
2 **Oscar Wilde,** *The Canterville Ghost*
3 **Allan Ahlberg,** *My Brother's Ghost*
4 **Saki,** *Selected Short Stories*
5 **Edgar Allan Poe,** *The Black Cat,* suivi de *The Oblong Box*
6 **Isaac Asimov,** *Science Fiction Stories*
7 **Sir Arthur Conan Doyle,** *The Speckled Band*
8 **Truman Capote,** *American Short Stories*

NOTES PERSONNELLES

NOTES PERSONNELLES

Couverture
Conception graphique : Marie-Astrid Bailly-Maître
Illustration : Marcelino Truong

Intérieur
Conception graphique : Marie-Astrid Bailly-Maître
Réalisation : Nord Compo, Villeneuve-d'Ascq

Remerciements de l'éditeur
À Claude Klotz, qui a joué le jeu de la collection « Classiques et Contemporains » avec amabilité.

www.magnard.fr

Achevé d'imprimer en France, en janvier 2004 par C.C.I.F. (18390 Saint-germain-du-Puy)
Dépôt légal : juin 2001 - N° d'éditeur : 2004/044
N° d'imprimeur : 03/1101